**Klaus Kesemeyer
Bis dein Blut gefriert**

Klaus Kesemeyer

# Bis dein Blut gefriert

Erotik-Thriller

© 2013 Klaus Kesemeyer, Düsseldorf

Herstellung und Verlag:
BoD – Books on Demand, Norderstedt

Titelbild:
© jamenpercy - Fotolia

ISBN 978-3- 7322-4773-8

Bibliografische Information der
Deutschen Nationalbibliothek
Die Deutsche Nationalbibliothek verzeichnet diese
Publikation in der Deutschen Nationalbibliografie;
Detaillierte bibliografische Daten sind im Internet
über www.dnb.de abrufbar

Nicht weit vom Rhein entfernt, steht ein von Feldern umgebenes Bauernhaus, welches sich im Besitz von Ronda Palis befindet.

Ronda ist eine dreißigjährige hübsche Frau und bestreitet ihren Lebensunterhalt als Schriftstellerin. Nachdem ihre Mutter gestorben war und sie ihren Vater auf sadistische Weise umgebracht hat, lebt sie alleine und hat hin und wieder mal eine Affäre mit lesbischen Frauen, da sie Männer bis aufs Blut hasst.

Über viele Jahre hinweg wurde sie von ihrem Vater missbraucht und vergewaltigt. Als sie alt genug war, spielte sie das Spiel ihres Vaters mit und rächte sich für all das, was er ihr angetan hatte. Seitdem hat Ronda Spaß daran, mit Männern, die sie erotisch anziehend finden, Spielchen zu veranstalten, die die geilen Herren nicht überleben. Immer wieder denkt sie an ihren Vater, wenn sie jemand begehrt und der Ekel steigt in ihr hoch. In den letzten fünf Jahren mussten einige ihrer Anbeter ihr Leben lassen und sind tief auf ihrem Grundstück begraben.

Der Frühling stand nun mal wieder vor der Türe und das Klima war mild. Ronda hatte mal wieder das Verlangen, einen Wichtigtuer zu vernaschen und ihm beim Sterben zuzusehen. Sie liebte es, wenn sie in Ekstase kam, in die Gesichter der Männer zu schauen, die während des Aktes davon gingen. Am meisten Spaß machte es ihr bei großkotzigen Ekelpaketen, die sich sehr anziehend fanden. Von lieben Männern ließ sie ab, da diese nichts mit ihrem gehassten toten Vater gemeinsam hatten.

Es ist ein warmer Freitagabend und Ronda geht ins Bad, um sich aufzubrezeln. Sie weiß, dass sie bei Männern gut ankommt und kleidet sich immer hübsch, wenn sie auf der Suche nach einem neuen Opfer ist. Ihre langen blonden Haare trägt sie heute offen.

    Nachdem sich Ronda im Bad frisch gemacht hat, geht sie nackt ins Schlafzimmer und zieht sich eine Nylonstrumpfhose an. Auf einen Slip verzichtet sie und streift einen schwarzen Minirock über ihre Nylonstrumpfhose. Ronda verzichtet auch auf einen BH, denn ihre Brüste sind stramm und fest. Sie zieht sich einen schwarzen, kurzärmligen, taillenbetonten Pullover über und steigt in ihre schwarzen Pumps. Ronda fühlt sich gut und geht nochmal ins Badezimmer und erhascht noch einen Blick im Spiegel. Sie gefällt sich, sie mag den Kontrast, ganz in schwarz gekleidet zu sein, so kommen ihre langen blonden Haare gut zur Geltung. Ronda bestellt sich ein Taxi und verlässt das Haus.

    Von ihrer Haustüre aus beobachtet sie die etwas abseits gelegene Hauptstraße und hält Ausschau nach dem Taxi. Da Ronda außerhalb der

Stadt wohnt, dauert es fünfzehn Minuten, bis sie das Taxi erblickt. Als das Taxi kurz vor ihren Füßen bremst, geht Ronda um das Fahrzeug und steigt im Fond des Taxis ein.

Mit einem sabbernden Grinsen dreht sich der Fahrer zu ihr herum. »Wo soll es denn hingehen, schöne Frau?«

Ronda schaut sich um und bemerkt, dass das Taxi nicht das allerneuste ist. Es müffelt im Innenraum und der Fahrer sieht ungepflegt und knüsselig aus. Eigentlich wäre der ätzende Fahrer genau einer der Typen, die sie am liebsten um die Ecke bringt, doch die Entsorgung des Taxis wäre ein Problem.

»Fahren Sie an der Landstraße links und lassen sie mich am ersten Lokal am Ortseingang raus«, entgegnet Ronda.

Am Lokal angekommen, bezahlt Ronda den Taxifahrer und verlässt das Taxi. Sie betrachtet das alte marode Gebäude, in dem sich im Erdgeschoss ein großes Esslokal mit einer kleinen Bar befindet. Des Öfteren hat sie hier schon Männer abgeschleppt, die es später bereut haben, sie kennenzulernen. Das Lokal ist immer gut besucht, da sich in naher Entfernung ein großes Hotel befindet, welches die ganze Woche mit Messebesuchern gefüllt ist. Hier war jeder anonym und niemand kümmerte sich um den anderen, was Ronda für ihre Zwecke sehr entgegenkam. Sie hatte nicht vor, entdeckt zu werden, bei dem, was ihr Spaß bereitete. Sie wollte noch viele Männer während des Fickens sterben sehen. Ja, sie genoss es, wenn die Männer um ihr Leben flehten, während sie ihren Orgasmus genoss.

In einer hinteren Ecke im Lokal setzt sich Ronda an einen freien Tisch und bestellt sich ein Glas Roséwein. Auf dem Weg zum Tisch hat Ronda natürlich die lüsternen Blicke einiger Männer bemerkt. Was anderen Frauen unangenehm ist, war für Ronda ein Genuss. Sie wusste ja, was sie vorhat und das sie diejenige war, die später die Macht über einen der lüsternen Männer hatte.

Es dauert nicht lange und es bewegt sich ein lieb ausschauender Herr auf Ronda zu.

»Entschuldigen sie, darf ich ihnen Gesellschaft leisten, werte Dame?«

Ronda verneint, dieser nette Kerl passt nicht in ihr Beuteschema. »Leider nein, ich bin verabredet«, lügt Ronda und der Herr verschwindet wieder.

Als sie ihren zweiten Rosé bestellt hat und die Kellnerin sich gerade von ihrem Tisch abwendet, sieht Ronda in weiterer Entfernung einen Typen mit breitem Grinsen im Gesicht auf sie zukommen.

Der Kerl ist um die vierzig Jahre, hat den Kragen seines Markenhemdes hochgeklappt und ein

Goldkettchen blitzt auf seiner behaarten Brust, da er sein Hemd weit aufgeknöpft hat. Unverschämt setzt er sich an Rondas Tisch, ohne zu fragen.

»Na Baby, ganz alleine hier?«

Ronda schaut sich den Spinner etwas genauer an und antwortet gelangweilt: »Ja, ich bin alleine hier und du?«

Der Typ lacht gehässig und Ronda bemerkt, dass der widerliche Kerl einen fiesen Mundgeruch hat.

»Wenn meine blöde Alte hier wäre, würde ich wohl nicht bei dir sitzen, oder?«

Ronda nickt, aber nicht weil sie ihn verstanden hat, sondern weil er genau in ihr Beuteschema passt.

Der Kerl setzt sein Glas Bier an seine Lippen und leert es in drei Zügen. Er wischt sich mit der Hand den feuchten Mund ab und starrt Ronda an.

»Hast du Lust, mal wieder so richtig gefickt zu werden?«, fragt das Ekelpaket, ohne rot zu werden.

»Bist du besoffen?«, fragt Ronda.

»Von zwei Bier? Ha ha, nein ich bin immer so gut drauf«

»Das ist gut«, freut sich Ronda.

Sie lässt ihre Hand durch ihre langen blonden Haare gleiten und schaut den Idioten verrucht an. »Ich stehe auf Fesselsex, mein Süßer, wenn dir das gefällt, werde ich dich auf meinem Bett festbinden und dich solange ficken, bis du keine Luft mehr zum Atmen hast«

Der Unbekannte lacht laut los. »Ein Luder bist du also, wir können gerne testen wer wen fertig macht. Du solltest mich gut auf deinem Bett festbinden, sonst werde ich dich so hart nehmen, wie es noch niemand vor mir gemacht hat«

Ronda schaut ihn an. »Also willst du gefesselt werden und mir und meiner Geilheit zur Verfügung stehen?«

»Nichts lieber als das, mein kleines Luder«

»Dann möchte ich, dass du nun deine Zeche bezahlst und draußen auf dem Parkplatz auf mich wartest. Ich werde mir ein Taxi bestellen und dich dann dort abholen, es muss ja nicht jeder mitbekommen, dass wir eine geile Nummer schieben«

Grinsend erhebt sich der Typ und geht mit der Zunge schnalzend zur Kellnerin um zu bezahlen. Als er das Lokal verlassen hat, wartet Ronda noch eine Viertelstunde und ruft die Kellnerin zu sich.

Zügig kommt die Kellnerin zu Rondas Tisch. »Was war das denn für ein ätzender Typ«, fragt sie Ronda.

Diese zuckt mit den Achseln. »Solche Spinner gibt es überall, könnte ich nun zahlen und ein Taxi bekommen?«

Die Kellnerin nickt und kassiert und verschwindet hinter dem Tresen, um ein Taxi zu bestellen. Fünfzehn Minuten später verlässt Ronda das Lokal und steigt ins Taxi.

»Fahren sie bitte hier vorne auf den Parkplatz, es fährt noch jemand mit«

Der Taxifahrer folgt der Anweisung und fährt auf den Parkplatz. Ronda sieht, dass der ätzende Kerl doch tatsächlich auf sie gewartet hat. Zügig reißt der Typ die Hintertüre des Taxis auf und schwingt sich auf die Rückbank. Der Taxifahrer bringt die Fahrgäste zur gewünschten Adresse. Ronda zahlt und sie und der ätzende Kerl betreten Rondas Haus. Der Typ legt seinen Arm um Ronda und küsst sie auf den Hals.

»Ganz schön einsame Gegend hier, für so ein geiles Luder wie dich«

Ronda fasst seine Hand und führt ihn ins Schlafzimmer. »Das stimmt, aber heute Nacht fühle ich mich sicher, da du da bist«, schmeichelt sie ihn.

Der Typ lacht und fühlt sich nun noch mehr bestätigt. Ronda zeigt auf das Stahlbett, welches im Schlafzimmer steht.

»Zieh dich aus und lege dich aufs Bett«

Der Fiesling reißt sich seine Klamotten vom Leib und schmeißt sich auf das zwei mal zwei Meter große Stahlbett. Am Kopf und am Fußteil des Bettes sind Metallstangen verschweißt.

Ronda holt vier Paar Handschellen aus dem Schrank und befestigt damit die Hände und Füße des Großmauls an die Metallstangen des Bettes, so das er weit auseinander gestreckt mit dem Rücken auf dem Bett liegt. Sie setzt sich neben ihm und streichelt zärtlich seinen Penis.

»Du Luder«, freut sich der Gefesselte. »Beklage dich nur später nicht, wenn ich dich wund gefickt habe, haha«

Ronda lächelt und erhebt sich. Sie holt aus dem Schrank eine Rolle mit breitem Klebeband und setzt sich auf die Brust des Angebers. Bevor er sich versieht, hat Ronda seinen Mund feste mit dem Klebeband verschlossen.

Wieder streichelt sie seinen Penis und lächelt. »Sorry, aber ich mag es nicht, wenn du mir die Ohren vollstöhnst, wenn wir Sex haben«

Ronda entkleidet sich und legt sich neben den Unbekannten. Zärtlich verwöhnen ihre Finger seinen Körper. Der Fremde ist erregt und spritzt ab. Ronda küsst ihn auf den zugeklebten Mund und streichelt seine Wange.

»Schön, dass es dir gefällt, denn heute wird es das letzte Mal sein, dass du Sex hast«, grinst sie.

Der Fremde versucht zu reden und zu schreien, doch Ronda hat seinen Mund so feste zugeklebt, dass kaum ein Ton nach außen dringt. Wild zerrt er an den Handschellen, so dass sein Goldkettchen um seinen Hals durch die Luft wirbelt.

Ronda stört es nicht, sie streichelt ihn weiter und lacht vor sich hin. »Ich sagte doch, ich werde dich ficken, bis dir die Luft zum Atmen fehlt und du hast dich darauf eingelassen«

Der Fremde reißt wieder wie wild an den Handschellen, doch er kann sich nicht befreien. Schweiß läuft aus seinen Poren, den Ronda liebevoll wegwischt.

»Jetzt sage mir nicht, dass du Angst hast, du Großmaul, haha«, Ronda erhebt sich vom Bett und schaut auf ihr hilfloses Opfer. »Ich werde mich jetzt ein wenig frisch und hübsch für dich machen, dein letzter Sex soll doch etwas ganz besonderes für dich sein«

Ronda verlässt lachend das Schlafzimmer und der Fremde atmet vor lauter Panik, heftig durch seine Nasenlöcher.

Eine halbe Stunde später erscheint Ronda, nur mit einem kurzen Seidennachthemdchen bekleidet, wieder im Schlafzimmer. In der rechten Hand hält sie eine durchsichtige Plastiktüte, die sie neben den Kopf des Fremden ablegt. Ronda steigt aufs Bett und wandert mit ihrem Kopf zwischen die Beine des Fremden und beginnt damit, ihm einen zu blasen. Während des Blasens dreht sie ihren Körper so, dass ihre Muschi über sein Gesicht hängt.

Ronda bläst den Fremden ununterbrochen und reibt ihren Kitzler an dessen Nasenspitze, bis sie ihren Orgasmus bekommt.

Seufzend setzt sie sich mit ihrem Po auf die Nase des Opfers. Der Fremde bekommt keine Luft und zappelt herum. Als er kaum noch zappelt, erhebt Ronda ihren Po wieder und sie hört, wie er hastig die Luft zum Atmen durch seine Nase zieht. Ohne ihn anzuschauen, begibt Ronda wieder ihren Kopf zu seinem Genitalbereich, um weiter zu blasen. Als der Fremde wieder eine Erektion hat, steigt Ronda auf ihn hinauf, schiebt sein Glied in ihre Muschi und fickt ihn. Während sie auf ihn reitet, schiebt sie ihm immer wieder zwei Finger in die Nase, damit der Fremde keine Luft bekommt. Ronda stöhnt sehr laut und bekommt ihren zweiten Orgasmus. Erschöpft lässt sie sich nach vorne fallen und entfernt gerade noch rechtzeitig ihre Finger aus den Nasenlöchern des Fremden. Sie schaut ihn an und lacht bei dem Anblick, wie der Fremde durch seine Nase nach Luft ringt. Ronda streichelt über seine Stirn und grinst.

»Nur keine Panik, mein Süßer, erst die dritte Nummer wird deine letzte sein«

Ronda setzt sich auf die Bettkante und streichelt mit ihren Händen den gesamten Körper des Fremden. Nach einigen Minuten verwöhnt sie seine Eichel mit ihrer Zunge. Diesmal dauert es sehr lange, bis der Fremde eine Erektion bekommt. Ronda setzt sich auf sein Glied und beginnt damit, ihr Becken rhythmisch zu bewegen. Leise stöhnt sie vor sich hin und schaut in die feuchten Augen ihres Opfers. Langsam bewegen sich ihre Hände zu der Plastiktüte, die neben dem Kopf des Fremden liegt. Fast zärtlich streift sie ihm die durchsichtige Tüte über den Kopf und ihre Beckenbewegungen werden heftiger.

»Ja, fick mich feste«

Durch die schnelle Atmung des Fremden bemerkt Ronda, dass sich die über den Kopf gestülpte Plastiktüte von ihrer Innenseite beschlägt. Ohne in ihrer Bewegung nachzulassen, fasst Ronda das Klebeband und wickelt es dem Fremden um den Kopf. Er schüttelt vor Panik hastig mit seinem Kopf und sein ganzer Körper fängt an zu zucken. Auch Rondas Bewegungen werden schneller und heftiger, bis sie nach kurzer Zeit ihren Orgasmus herausschreit. Der Fremde hat seine Atmung und seine Zuckungen eingestellt und Ronda lässt ihren Körper nach vorne fallen.

»Hat Spaß gemacht mit dir, schön, dass ich die Letzte in deinem Leben war, die Sex mit dir hatte.«

Nach einer Weile erhebt sich Ronda und kleidet sich wieder an. Sie geht vor die Haustüre und steckt sich eine Zigarette an.

»Wieder ein Mistkerl weniger, der nicht weiß, wie man sich gegenüber einer Frau benimmt. Dreimal hat es mir der Kerl besorgt und ich kenne nicht einmal seinen Namen, haha«

Ronda schnippt ihre Zigarette weg und geht hinters Haus in eine kleine angebaute Scheune. Mit einem Spaten kommt sie wieder heraus und geht zu dem nicht weit entfernten Acker und beginnt damit, ein tiefes Loch zu schaufeln. Rundherum herrscht Totenstille und es ist so dunkel, dass Ronda kaum ihre Hand vor Augen sieht. Nach einer guten Stunde hat sie ein zwei Meter tiefes Loch gegraben und verschwindet wieder in die kleine Scheune. Mit einigen Müllsäcken und einem kleinen Bollerwagen kommt sie nach kurzer Zeit wieder heraus und geht ins Haus. Lässig zieht sie den Bollerwagen ins Schlafzimmer und entfernt die Handschellen von den Händen und den Füßen ihres Opfers. Ronda dreht den Fremden auf den Bauch und winkelt seine Beine an. Sie nimmt das Klebeband und wickelt es um die angewinkelten Beine. Nun legt sie seine Arme an seinem Körper und wickelt dort ebenfalls das Klebeband herum. Ronda packt den Leichnam in sechs große schwarze Müllsäcke und verklebt diese gründlich.

»Nettes Päckchen«, freut sie sich.

Sie zieht das Päckchen vom Bett und es landet in dem Bollerwagen. Im Schutze der Dunkelheit zieht Ronda den Bollerwagen zu dem, hinter dem Haus liegenden Acker und schmeißt den verpackten Leichnam in das ausgegrabene Loch. Den Bollerwagen zieht sie anschließend in die Scheune und kommt mit dem Spaten zurück, um das Loch im Acker zu schließen.

Nach getaner Arbeit wirft sie noch einen Blick auf den Acker und freut sich.

»Ein hübsches Massengrab, ich weiß gar nicht mehr, wie viele Ekelpakete ich hier in den letzten Jahren vergraben habe. Die nächsten vergrabe ich mal in der Scheune, haha«

Ronda bringt den Spaten wieder in die Scheune und verschwindet anschließend in ihr Haus.

Nachdem sie sich entkleidet hat, genießt sie noch ein Glas Wein und fällt danach erschöpft ins Bett.

Die nächsten Wochen geht Ronda wieder ihrer schriftstellerischen Tätigkeit nach. Nach fünf Wochen steigt in ihr wieder dieses Gefühl auf, einen Kotzbrocken zu vernaschen und bizarr zu ermorden. Ronda liegt nackt auf ihrem Bett und überlegt, was sie mit ihrem nächsten Opfer anstellen könnte. Ihre Gedanken machen sie so geil, dass ihre Finger langsam in ihren Schritt gleiten. Zärtlich massiert Ronda ihre Klitoris und beginnt zu stöhnen. Sie schließt ihre Augen und stellt sich vor, was sie mit dem nächsten Opfer alles anstellt. Leise vor sich hin stöhnend bekommt Ronda ihren Orgasmus und sie beschließt, heute Abend mal wieder auszugehen.

Am frühen Abend beginnt sie damit, sich für die kommende Nacht zu stylen. Nach dem Duschen lackiert sie ihre Finger und Fußnägel mit einem blutroten Nagellack und schminkt ihr Gesicht. Sie trägt ein gut duftendes Parfüm auf und zieht sich ein Leoparden Minikleid an. Da das Wetter sehr mild ist, verzichtet Ronda auf BH, Slip und Strumpfhose und schiebt ihre Füße in ein Paar schwarze High Heels. Sie greift sich ihre Handtasche und stellt sich vor den Spiegel.

»Atemberaubend siehst du aus, Ronda.«

Sie öffnet den Schrank und überprüft ihren Klebebandvorrat.

»Das reicht ja noch für viele Idioten, haha«

Ronda bestellt sich ein Taxi und lässt sich eine Hotelbar im Nachbarort chauffieren. Dort angekommen, setzt sie sich auf ein samtbezogenes Sofa, welches in der hintersten Ecke der Bar steht. Ronda bestellt bei der Kellnerin eine Tasse Kaffee und beobachtet das Treiben in der Bar. Da es noch früh ist, befinden sich nur zwei Pärchen und vier Herren an der Bar. Ronda kramt ein kleines Taschenbuch aus ihrer Handtasche und fängt an, darin zu lesen. Nach drei Tassen Kaffee bestellt sie sich eine Flasche Dom Perignon. Nachdem die Kellnerin den eisgefüllten Kübel mit der Champagnerflasche in Rondas Nähe abstellt und ihr Glas halb füllt, erhebt Ronda ihren Blick und bedankt sich.

Ihr fällt auf, dass sich die Bar, während sie in ihrem Buch vertieft war, mit vielen Personen gefüllt hat. Ronda schließt ihr Buch und verstaut es wieder in ihre Handtasche. Genüsslich nippt sie an ihrem edlen Getränk und beobachtet wieder die Leute in der Bar. Bei einer Gruppe, bestehend aus drei Männern und zwei jungen Mädchen, bleibt ihr Blick hängen. Die Männer sind circa zwischen vierzig und fünfzig Jahre alt und die beiden jungen Frauen schätzt sie auf knapp zwanzig Jahre. Alle fünf lachen und prosten sich mit ihren Cocktails zu. Nach einigen Cocktails packt der älteste der drei Männer die Hand der Frau, die neben ihm steht und führt sie in seinen Schritt. Ronda sieht, wie die junge Frau ihre Hand wieder wegzieht, worauf sich die Miene des Ältesten verzieht. Er schubst die junge Frau wütend gegen einen Barhocker.

»Was soll das, du Nutte? Ich habe für vierundzwanzig Stunden für dich bezahlt, während dieser Zeit gehörst du mir, ist das klar?«

Die junge Frau erhebt sich und fasst mit einem gequälten Gesicht an ihre Rippen. Sie kann kaum atmen und weint. Durch den Schubser muss sie sich arg verletzt haben. Nun wendet sich der Älteste der anderen jungen Frau zu und schubst auch diese.

»Macht, dass ihr weg kommt, ihr Drecksnutten. Verarschen könnt ihr andere.«

Die zwei anderen Herren versuchen nun ihren Bekannten zu beruhigen, während die zwei jungen Damen zügig die Bar verlassen. Da sie ihn nicht beruhigen können, bezahlen sie ihre Rechnung und verlassen ebenfalls genervt die Bar. Der Älteste steht nun alleine neben seinem Barhocker und bestellt sich einen Drink. Nachdem er seinen Drink erhalten hat, dreht er sich herum und lässt seine Blicke durch die Bar kreisen. Ronda schaut bewusst in eine andere Richtung, legt ihr rechtes Bein über ihr linkes Knie und lässt ihren hochhackigen Schuh ein wenig kreisen. In ihrem Blickwinkel bemerkt Ronda, dass der Typ sie anstarrt. Es dauert nicht lange und sie bemerkt, dass er auf sie zukommt. Lässig lässt er sich neben ihr auf das samtbezogene Sofa fallen.

»Na, wohl gute Einnahmen heute gehabt, bei dem edlen Gesöff. Ich bin der Karl.«

»Ronda«, entgegnet sie kurz und knapp und mustert ihn.

Knapp fünfzig Jahre wird er alt sein, das Haar leicht ergraut und sein Körper etwas korpulent. Sein Hemd ist bis unter seine Brustwarzen aufgeknöpft und sein Hosenstall ist geöffnet, was Ronda anekelt.

»Reichen fünfhundert Euro für die ganze Nacht mit mir?«

»Sehe ich aus, wie eine Prostituierte?«, fragt Ronda gelassen.

»Logisch«, lacht Karl gehässig.

»Ok Karl, wenn du dich weiter mit mir unterhalten möchtest, dann schließe erst einmal deinen Reißverschluss im Schritt«

Ohne herabzuschauen, zieht sich Karl den Reißverschluss nach oben.

»Und, fickst du mir für fünfhundert Euro mein Hirn aus meinem Schädel?«

Ronda überlegt. Hirn aus seinem Schädel, wie soll sie das machen? Seele aus dem Leib ist ihr ja bekannt, aber Hirn aus dem Schädel?

»Dein Geld kannst du behalten Karl, ich werde dich umsonst ficken, weil du mich reizt«

»Ich werde dir das Hirn aus deinem Schädel ficken, aber nur unter einer Bedingung.«

»Und die wäre?«, fragt Karl neugierig.

»Ich werde dich in meiner Scheune fesseln und dich dann zärtlich verwöhnen, dann werde ich dich bis in den frühen Morgen ficken, bis dein Hirn deinen Schädel verlässt.«

Karl, der vom Alkohol schon leicht angeheitert ist, betrachtet Rondas atemberaubenden Körper. Ihre Brustnippel stehen leicht unter dem Leopardenkleid hervor und Ronda lässt ihre Zunge über ihre rot geschminkten Lippen kreisen.

»Ja, das hat etwas, ich liebe verdorbene Nutten.«

»Du solltest nicht so vorlaut sein, Karl, ich bin keine Nutte.«

»Nutte oder Hure, ist doch scheißegal«, lacht er gehässig.

Ronda lässt sich noch ein Champagnerglas bringen und leert mit Karl die Flasche Dom Perignon. Als beide die Bar verlassen, ist Karl leicht beschwipst. Beide gehen zu dem naheliegenden Taxistand und lassen sich gemeinsam zu Rondas Bauernhaus bringen. Als sich das Taxi wieder entfernt, öffnet Ronda die Haustüre.

»Du wartest hier, Karl, ich habe dir doch die Scheune versprochen.«

Zügig geht Ronda ins Schlafzimmer und holt eine neue Rolle Klebeband aus dem Schrank. Schnell ist sie wieder bei Karl und verschließt die Haustüre.

»Komm mit, mein Süßer, nun werde ich dir deine Fantasie erfüllen.«

Beide gehen zur Scheune die sich hinter dem Haus befindet. Als sie die Scheune betreten, schließt Ronda das Scheunentor und macht das Licht an. Heuballen stapeln sich an einer Seite der Scheune bis unter die Decke. Rondas Pkw steht neben einem alten Traktor. In einer anderen Ecke steht ein großer Kompressor, einige Fässer und noch einige alte Geräte die man früher für die Ernte brauchte. Es gibt auch noch drei kleine Ställe, in denen sich schon seit Jahren kein Tier mehr befand. Ronda geht zu Karl und küsst ihn mit ihrer Zunge. Langsam öffnet sie die restlichen Knöpfe von seinem Hemd.

»Du machst mich scharf, du Luder«, stöhnt Karl.

Ronda drückt Karls Arme an seinen Körper.

»Schön so stehen bleiben«, lacht sie.

Sie nimmt das Klebeband und umwickelt damit feste seinen Oberkörper. Als sie fertig ist, sieht Karl aus, als wäre er mit einem schwarzen Pullover bekleidet. Ronda geht zum Traktor und nimmt eine große Plane vom Sitz, welche sie unter einem Deckenbalken ausbreitet. Sie geht zu Karl und führt ihn vorsichtig zur Plane.

»Nun leg dich auf die Plane, Karl.«

Karl kniet auf die Plane und Ronda hilft ihm, sich auf den Rücken zu legen. Sie zieht ihm die

Schuhe, die Hose und den Slip aus und stellt sich neben ihm.

»Na, wie gefällt es dir bis jetzt, Karl?«

»Frag nicht, du sollst mich ficken, du Luder.«

Ronda lacht laut los. »Natürlich, ich hab's dir doch versprochen.«

Ronda nimmt das Klebeband und kniet sich über Karls Kopf. Feste umwickelt sie seinen Kopf mit dem Klebeband, bis Karls Mund feste verschlossen ist. Karl schüttelt mit seinem Kopf, um Ronda zu verstehen zu geben, dass er das nicht möchte, doch Ronda grinst nur vor sich hin. Sie begibt sich zu Karls Beinen und klebt diese nun auch mit dem Klebeband feste zusammen.

»Gut siehst du aus, Karl.« Sie streichelt ihm über die Stirn und lacht. »Das Hirn soll ich dir aus deinem Schädel ficken, hast du verlangt. Eine interessante Aufgabe, zuerst wusste ich nicht wie, aber dann kam mir eine Idee. Dreimal werde ich dich ficken und dann soll dein Wunsch in

Erfüllung gehen.«

Ronda nimmt Karls Glied in die Hand und besorgt es ihm als erstes mit der Hand. Karl ist erregt und es dauert nicht lange, bis er abspritzt. Nach einer Zigarettenpause widmet sich Ronda wieder Karl zu und nimmt seinen Penis in den Mund. Auch diesmal hat Karl schnell eine Erektion. Ronda schiebt ihr Leopardenkleid in die Höhe und setzt sich auf Karls Glied und fickt ihn wild. Nachdem sie auch ihren Orgasmus bekommen hat, steigt sie von Karl und holt aus einer Ecke der Scheune einen Stoffbeutel, den sie über Karls Kopf zieht. Er wackelt mit seinem Kopf und versucht, mit seinem Körper wegzurollen. Ronda geht in eine Ecke der Scheune und holt einen alten verrosteten Schraubstock zum Vorschein. Gebückt trägt sie das schwere Teil zur Plane, wo sie es abstellt und den Schraubstock so weit auseinander dreht, wie es nur geht. Ronda geht zu Karl, der sich drei Meter weggerollt hat.

»Wo willst du denn hin, Karl? Wir sind doch noch nicht fertig.«

Ronda rollt Karl wieder zurück auf die Plane und legt seinen Kopf in den auseinandergedrehten Schraubstock. Langsam dreht sie an der Stange des Schraubstocks, bis Karls Kopf darin eingespannt ist. Karl schreit hinter seinen verklebten Lippen und Ronda versucht, mit allen Mitteln, ihn zu erregen.

»Was ist los?«, meckert sie. »So kann ich dich nicht dreimal ficken.«

Karls Körper zuckt und er versucht, seinen Schädel aus dem Schraubstock zu bekommen, doch dieser ist fest eingespannt.

»Du enttäuschst mich, Karl«, flüstert Ronda. »Stört dich der Stoffbeutel über deinen Kopf? Dann entschuldige, aber diese Sauerei will ich nicht sehen. Gut, wenn du keine drei Nummer schaffst, dann bleibt es eben dabei.«

Ronda setzt sich auf Karl und dreht den Schraubstock zusammen. Es knirscht und knackt und der Stoffbeutel über Karls Kopf färbt sich rot. Er zuckt nicht mehr und liegt leblos auf der Plane. Ronda gefällt der Anblick und sie schiebt wieder ihr Kleid hoch. Ihre Finger wandern in ihren Schritt und als es aus ihrer Muschi tropft, senkt sie ihren Hintern auf Karls Genitalien.

»Das war geil, du warst gut, Karl.«

Nach einer Weile erhebt sich Ronda und wickelt Karl in die große Plane ein. Sie verklebt die Plane wie ein Paket und beginnt damit, in einem der drei kleinen Ställe ein tiefes Loch zu graben.

Nach eineinhalb Stunden hat sie Karl in dem Loch entsorgt und nichts deutet mehr darauf hin, was sich hier abgespielt hat. Ronda schaut sich noch einmal die Scheune an und ist zufrieden mit ihrer Arbeit. Sie richtet ihr Kleid, löscht das Licht und verlässt die Scheune.

Im Haus angekommen, entkleidet sie sich und begibt sich direkt unter die Dusche. Wenig später sitzt Ronda in einem kleinen Raum im Obergeschoss. Hier ist ihr kleines Reich, wo sie ihrer Fantasie freien Lauf lässt und ihre Bücher schreibt. Ronda holt sich ein Glas Rotwein und setzt sich ans Fenster. Von hier aus hat sie die weit entfernte Landstraße und die Felder, die ihr

Haus umgeben, im Blick. Sie nippt an ihrem Glas und redet mit sich selbst, was sie häufig macht.

»Viele fiese Kerle habe ich ermordet. Anfangs war es der Hass, der mich dazu trieb. Aber heute macht es mir Spaß, ja, es macht mich geil, wenn die Kerle verrecken, während ich einen Orgasmus bekomme. Warum nehme ich nicht mal eine Frau? Es ist doch egal, wer verreckt, Hauptsache, ich habe meinen Spaß. Und warum immer nur ätzende Typen, ich sollte auch mal einen naiven Schönling in meine Gewalt bringen. Ich habe hier so viele Möglichkeiten, mit meinen Sexpartnern zu spielen.«

Ronda nippt wieder an ihrem Wein und beschließt, am morgigen Tag zwei Löcher in der Scheune zu graben, damit sie sich nach ihren bizarren Morden nicht solange in der Scheune aufhalten muss.


Am nächsten Morgen wird Ronda von der Türglocke geweckt. Schnell zieht sie ihren Bademantel über und rennt zur Türe.

»Hallo Ronda, ich wollte mal nach dir schauen.«

»Oh, Hallo, Sandra«

Ronda hatte sich letztes Jahr dreimal mit ihr sexuell vergnügt, aber sie hasste es, wenn man ihr hinterher lief.

»Darf ich eintreten?«

»Sei nicht böse, Sandra, mir ist nicht nach Sex zumute und ich bin heute sehr beschäftigt, ich rufe dich in Kürze an.«

Sandra nickt enttäuscht und geht wieder zu ihrem Fahrzeug.

Ronda schließt die Haustüre und setzt sich in die Küche. Aus dem Fenster sieht sie, wie Sandra vom Grundstück fährt.

Gut, sie hatte dreimal mit ihr geschlafen, aber Spaß gemacht hat es nicht wirklich. Ronda fehlte immer etwas, um richtig in Stimmung zu geraten. Sie musste töten, um in Ekstase zu geraten. Da sie bisher nur Männer getötet hat, ist Sandra noch einmal davon gekommen.

Nach dem Frühstück begibt sich Ronda in die Scheune und gräbt neben dem vergrabenen Karl zwei weitere tiefe Löcher. Als sie fertig ist, schaut sie auf die zwei großen ausgegrabene Löcher, die so groß sind, dass man sich in zwei Meter Tiefe bequem hinlegen kann. Sie freut sich, dass sie für ihre nächsten zwei Opfer schon einmal vorgearbeitet hat. Klebeband hat sie noch reichlich, um ihre Opfer hilflos zu verkleben, nun muss sie nur noch warten, bis sich ihre Fantasie meldet und sie wieder Lust hat, zu töten.

Der Alltag ist wieder eingekehrt und es vergehen einige Wochen, bis Ronda wieder dieses Gefühl bekommt, jemanden zu Tode quälen zu müssen. Sollte sie Sandra anrufen? Sollte sie einmal eine Frau umbringen? Ein NEIN schießt durch Rondas Kopf. Sie will niemanden umbringen, den sie kennt. Die Gefahr aufzufallen, wäre zu groß.

Am Abend beschließt Ronda, sich ganz normal zu kleiden und eine normale Gaststätte aufzusuchen. Diesmal fährt sie mit ihrem Wagen. Ziellos fährt sie umher und hält nach einer Gaststätte Ausschau. Ronda biegt in ein, von Hochhäusern umgebenes Ghetto ein. Ihr ist ein wenig mulmig, da die Straßen kaum beleuchtet sind und einige zwielichtige Typen in den Gassen herumlungern. Am Ende der Straße biegt sie ab und landet auf einen größeren Platz, der von Hochhäusern umgeben ist. Am Ende des Platzes entdeckt Ronda eine kleine Kneipe namens Oerschbachklause. Sie sucht sich einen Parkplatz und geht in die kleine Gaststätte, die gut besucht ist. Die Kneipe ist hell gestaltet und macht einen sauberen Eindruck. Damit hat Ronda nicht gerechnet, dass man hier in der Ecke noch Getränke in sauberen Gläsern bekommt. Ronda setzt sich in eine hintere Ecke, in der Nähe der Dart Apparate. Von hier aus hat sie die gesamte Gaststätte im Blick und hat ihre Ruhe. Dem rufen der Gäste entnimmt sie, dass der Wirt, Franco heißt. Es dauert nicht lange, bis der Wirt vor Ronda erscheint, um die Bestellung aufzunehmen.

»Bittschön?«, fragt Franco.

Ronda mustert ihn aufmerksam. Der Wirt ist etwas klein geraten, wenn Ronda sich hinstellen würde, würde sich sein Haupt unter ihrer Brust befinden. Franco ist etwas korpulent, wie es fast alle Wirte sind, macht aber einen sehr sympathischen Eindruck.

»Wenn Sie einen Rotwein haben, hätte ich gerne einen.«

Der Wirt nickt und bringt zügig ein Glas Rotwein. Ronda mustert die Leute am Tresen. Einige knobeln und haben ihren Spaß, andere grölen besoffen herum. An den Spielautomaten verzocken einige ihr hart erarbeitetes Geld. Bis auf eine Blondine, die mit ihrem Mann am Tresen sitzt, ist sie die einzige Frau in dem Laden. Nach zwei Gläsern Wein beschließt Ronda, sich auch am Tresen zu setzen und kommt auch sehr schnell mit den Leuten ins Gespräch. Nach einer Stunde kennt sie fast alle Gäste. Einen Hartmut, der nur über seine Krankheit spricht, einen Klaus, der so nuschelt, dass man kein Wort versteht, einen Werner, der eine unangenehme Duftwolke nach sich zieht, einen Bayern, der besoffen sein Bier bewacht, einen Harry, der Professor sein muss, einen Dieter, der hier überhaupt nicht hingehört, einen anderen Werner, der dreimal dasselbe sagt, ein Pärchen, welches sich seltsamerweise Rotes Kreuz nennt und den Wirt namens Franco, der ein sehr lustiger Kerl ist. Im Laufe des Abends hat Ronda einiges getrunken, sodass sie ihr Ziel aus den Augen verloren hat. Da die Gäste hier alle so nett sind und Ronda einiges über den Durst getrunken hat, beschließt sie, aus dieser Kneipe kein neues Opfer mitzunehmen. Sie genießt noch eine Stunde mit den Gästen und fährt mit einem Taxi Richtung Heimat.

Zuhause angekommen fällt Ronda müde und beschwipst ins Bett. Am frühen Morgen wird sie unsanft von der Türglocke geweckt. Noch völlig zerknirscht vom Vorabend öffnet sie die Türe.

»Hallo Ronda, wie siehst du denn aus, geht es dir nicht gut?«

Ronda schaut in Sandras, mit Piercings übersätes Gesicht.

»Du, Sandra? Was möchtest du, ich bin nicht fit, da ich gestern ein wenig gefeiert habe.«

Sandra schiebt Ronda ins Haus.

»Na, leg dich erst einmal wieder ins Bett, ich mache dir einen guten Kaffee, damit du wieder fit wirst.«

Ronda schleicht wieder ins Schlafzimmer und legt sich ins Bett und schläft wieder ein. Nach einigen Stunden wird sie wieder wach und bemerkt, dass jemand zärtlich ihren Körper streichelt.

Ronda öffnet ihre Augen und sieht, dass Sandra völlig entkleidet neben ihr liegt. Ronda mochte Sandras jungen Körper, der von Tattoos und Piercings übersät war. Sandra hatte sie vor zwei Jahren einmal angesprochen und seitdem treffen sich beide gelegentlich und haben Sex miteinander. Sandra war ein Gruftie und hatte etwas Geheimnisvolles an sich, was Ronda reizte. Aber jetzt hatte Ronda keine Lust auf Sex mit ihr, doch bevor sie etwas sagen kann, verschwindet Sandras Kopf unter die Bettdecke. Zärtlich verwöhnt Sandra Rondas Muschi mit der Zunge.

Ronda spreizt ihre Beine weit auseinander und genießt es schließlich doch, von Sandra verwöhnt zu werden. Ronda stöhnt leise und bekommt ihren Höhepunkt. Nun krabbelt sie unter die Decke und verwöhnt Sandra. Laut stöhnend bekommt auch sie ihren Orgasmus und beide liegen sich anschließend in den Armen.

»Wir sollten das viel öfters machen, Ronda«, flüstert Sandra.

»Nein, wenn wir zu oft Sex miteinander haben, macht es mir keinen Spaß mehr«, entgegnet Ronda.

»Na gut, aber irgendwann kommst du einmal zu mir nach Hause und dann haben wir bei mir Sex.«

»Ja, das machen wir irgendwann einmal«, antwortet Ronda.

»Super, dann haben wir Sex in meinen Sarg«, freut sich Sandra.

»Sarg?«

»Ja, ich schlafe immer in einen Sarg, ich bin doch ein Gruftieweib.«

»Du schläfst in einem Sarg?«

»Fast immer, ich finde es geil.«

»Du hast einen Sarg zuhause?«, fragt Ronda ungläubig.

»Na klar, meine Wohnung ist schwarz gestrichen und überall stehen Kerzen, alles wie auf einen Friedhof, ich finde das geil.«

»Na ja, jeder wie er mag«, äußert sich Ronda.

»Und du willst mit mir Sex in einem Sarg machen?«

»Ja, dass wäre geil«, lacht Sandra.

»Ich werde es mir mal durch den Kopf gehen lassen, aber jetzt brauche ich erst einmal ein Aspirin, mein Schädel brummt immer noch.«

Ronda steht auf und schluckt zwei Aspirin, anschließend geht sie unter die Dusche und kleidet sich an. Sandra und Ronda gehen in die Küche und trinken einige Tassen Kaffee.

»Kannst du mich gleich zu meinem Wagen bringen, Sandra?«

»Klar, wo steht er denn?«

»In irgendeinem Ghetto am Stadtrand, ich bin dort gestern versackt.«

»Kein Thema, ich fahr dich hin, Ronda«

Nach zwei Stunden steht Rondas Fahrzeug wieder in der Scheune und sie ist wieder allein im Haus. Ronda sitzt in ihrem Autorenzimmer und schreibt einige Zeilen. Nachdem einige Zeit verstrichen ist, macht Ronda eine Pause und schaut grinsend aus dem Fenster.

»Völlig durchgeknallt, dass junge Weib. Sex in einem Sarg hätte sie gerne. Mal schauen, vielleicht irgendwann einmal.«

In der Ferne sieht Ronda, dass sich eine Person ihrem Haus nähert. Gespannt schaut sie zu, wie die Person immer näher kommt. Als die Person nahe genug ist, erkennt Ronda, dass es eine Frau ist. Als die Türglocke betätigt wird, geht Ronda gespannt zur Haustüre und öffnet sie.

»Entschuldigen sie, mein Name ist Anja Grüters, ich hatte eine Panne, könnte ich bei Ihnen telefonieren?«

»Leider habe ich kein Telefon«, lügt Ronda. »Aber kommen Sie erst einmal herein, mein Name ist Ronda.«

Anja nimmt die Einladung dankend an. »Es tut mir leid, wenn ich Sie belästige, Ronda, aber hier in der Gegend ist ja weit und breit keine Menschenseele zu sehen.«

»Das macht gar nichts, Anja, mir wäre es lieb, wenn wir uns duzen würden, alles andere ist mir zu förmlich.«

Anja nickt erfreut und Ronda weist sie in die Küche.

»In zwei Stunden kommt meine Freundin, die kann dich dann mit in die Stadt nehmen, wo du dir Hilfe rufen kannst«, lügt Ronda.

Sie reicht Anja eine Tasse Kaffee und mustert sie unauffällig. Eine hübsche Frau, so um die vierzig Jahre, gepflegt, adrett gekleidet, sexy Figur. Ronda grinst und denkt nach.

Ein Opfer, welches zu ihr kommt, ganz allein und hilflos. Während Anja von ihrer Panne erzählt, überlegt Ronda schon, wie sie Anja dazu bringt, dass sie ihr ausgeliefert ist. Anja erzählt und erzählt und Ronda ist nur am Nicken.

Als Anja ihre Story erzählt hat, geht Ronda zum Schrank und holt ein großes Messer aus der Schublade. Sie nähert sich Anja von hinten und hält ihr das Messer an den Hals.

»Wenn du noch einen Mucks von dir gibst, bringe ich dich um, hast du verstanden, Anja?«

Anja ist völlig erschrocken und nickt, ihr Körper fängt an zu zittern.

»Wenn du das machst, was ich dir sage, geschieht dir nichts«, flüstert Ronda ihr ins Ohr. »Nun erhebe dich und gehe ins Schlafzimmer.«

Ronda entfernt das Messer von Anjas Kehle und geht dicht hinter ihr. Im Schlafzimmer befiehlt sie Anja, sich völlig zu entkleiden und auf das Bett zu legen. Zitternd liegt Anja auf dem Bett und Ronda beobachtet sie. Bei dem Anblick lächelt Ronda und ein Glücksgefühl macht sich in ihr breit. Noch nie hatte sie ein weibliches Opfer, doch jetzt, wo sie Anja so ängstlich auf dem Bett liegen sieht, genießt sie diesen Anblick. Ronda holt aus dem Schrank eine Rolle Klebeband, ohne Anja aus den Augen zu lassen.

»Lege deine Arme an deinen Körper, Anja.«

»Bitte tue mir nicht weh, Ronda.«

»Hab keine Angst und setzt dich hin.«

Anja setzt sich hin und zittert immer noch am ganzen Körper, während Ronda das Klebeband um ihren Oberkörper klebt. Es dauert nicht lange und Anja kann ihre Arme und Hände nicht mehr bewegen. Ronda legt Anja vorsichtig auf den Rücken und verklebt ihr dann die Beine.

»So, mein Päckchen, jetzt gefällst du mir«, lacht Ronda. »Du bist gar nicht rasiert, ich habe schon ewig keine behaarte Muschi gesehen, wie kommt das?«

»Ich mag meine Behaarung, aber Ronda, was hast du mit mir vor?«

Ronda setzt sich grinsend mit ihrem Hintern auf Anjas Brustkorb und schiebt ihre Vulva unter ihr Kinn.

»Stell keine Fragen, sondern verwöhne mich mit deiner Zunge.«

Anja verzieht ein wenig ihr Gesicht und lässt ihre Zunge zwischen Rondas Schamlippen gleiten. Nach einer Weile stöhnt Ronda sehr laut und rutscht mit ihrer Vagina über Anjas Gesicht.

»Widerlich«, ekelt sich Anja.

Lachend nimmt Ronda das Klebeband und wickelt es um Anjas Kopf, bis ihr Mund fest verschlossen ist. Sie legt sich neben Anja und knetet sanft ihre Brüste.

»Was ich mit dir vorhabe, möchtest du wissen? Ich werde dich töten, Anja«

Anja reißt ihre Augen weit auf und schüttelt ihren Kopf, sie schreit, doch kein Laut dringt nach außen. Ronda genießt Anjas Angst und streichelt weiter ihre Brüste.

»Ich werde deinen Körper in Müllsäcke packen und diesen hübsch verkleben, nur dein Kopf wird noch herausschauen.«

Anja atmet hastig während sie Rondas Worten lauscht.

»Dann werde ich das Klebeband von deinem Mund entfernen, einen Schlauch in deinen Mund schieben und diesen wieder gut verkleben. Ich werde dich in meiner Scheune in ein tiefes Loch legen und dann werde ich das Loch zuschütten. Aber keine Angst, der Schlauch in deinem Mund wird so lang sein, dass du dadurch weiter atmen kannst.«

Ronda bemerkt, wie sich Anjas Körper vor Angst erhitzt. Sie setzt sich auf Anjas Brustkorb und schaut in Anjas weit aufgerissenen Augen.

»Dein Gesichtsausdruck macht mich geil, Anja.«

Ronda lässt ihre Finger in ihren Schritt gleiten und masturbiert. Ohne ihren Blick von Anja abzuwenden, bekommt sie einen Orgasmus. Sie streichelt Anja durch das verschwitzte Haar und erhebt sich. Sie richtet ihr Kleid und geht in die Scheune, um einige Müllsäcke zu holen. Als sie wieder im Schlafzimmer erscheint, liegt Anja neben dem Bett. Sie hat sich vor lauter Angst vom Bett gewälzt und ist hinuntergefallen.

»Wo willst du hin, Anja? Sieh doch ein, dass deine Lage aussichtslos ist, du kannst nicht flüchten, finde dich damit ab, dass du bald sterben wirst.«

Ronda hebt Anja wieder hoch und legt sie wieder aufs Bett. Sie reißt in drei Müllsäcke ein Loch und zieht Anja diese über den Kopf, anschließend steckt sie Anjas Beine in drei weitere Müllsäcke und zieht die Säcke hoch, bis zu Anjas Brust. Sorgfältig verklebt Ronda die Säcke, bis Anja aussieht, als wäre sie mumifiziert. Nur noch ihr Kopf ist zu sehen und Ronda ist zufrieden mit ihrer Arbeit. Sie wischt der weinenden Anja die Tränen aus dem Gesicht und geht wieder in die Scheune. Mit einem zweieinhalb Meter langen Schlauch kommt sie wieder und legt diesen aufs Bett, neben Anjas Gesicht. Ronda holt eine Schere und entfernt das Klebeband von Anjas Mund. Anja versucht direkt loszuschreien, doch Ronda hält ihr sofort die Hand auf die Lippen. Sie nimmt ein Ende des Schlauches und steckt es schnell in Anjas Mund. Zügig nimmt sie das Klebeband und umwickelt damit wieder Anjas Kopf, bis ihr Mund wieder fest verklebt ist.

»Du hast noch etwas Zeit, Anja, ich bringe dich erst in die Scheune, wenn es dunkel ist, also genieße die nächsten Stunden noch.«

Anja schaut Ronda verzweifelt in die Augen und leise Töne kommen aus dem anderen Ende des Schlauches. Wieder streichelt Ronda über Anjas verschwitztem Haar.

»Du siehst doch ein, dass ich dich nicht gehen lassen kann. Du würdest direkt zur Polizei gehen und mich anzeigen.«

Anja schüttelt wild mit dem Kopf und Ronda grinst.

»Nein, ich kann keine Polizei gebrauchen, die würden alle Leichen ausgraben und mein Spaß wäre dahin. Außerdem schreibe ich ein Buch über meine bizarren Morde und es fehlen noch viele Seiten, bis es fertig ist.«

Anja schluchzt und weint.

»Aber es tröstet dich hoffentlich ein wenig, dass auch du in dem Buch vorkommst, Anja, haha«

Ronda zieht Anjas Körper etwas ans Fußende des Bettes und verklebt ihre verpackten Füße an einem Gitterstab des Bettgestells.

»So, nun kannst du auch nicht mehr vom Bett rollen, bis später.«

Ronda erhebt sich und schließt die Schlafzimmertüre, anschließend geht sie wieder in die Scheune und holt den Bollerwagen, den sie im Flur abstellt. Da es draußen noch zu hell ist, um Anja in die Scheune zu transportieren, beschließt Ronda, einige Hausarbeiten zu erledigen.

Am späten Abend geht Ronda ins Schlafzimmer. Anja liegt noch genauso auf dem Bett wie am Nachmittag und weint vor sich hin. Ronda entfernt das Klebeband von dem Gitterstab und holt den Bollerwagen, den sie neben das Bett fährt.

»Nun ist es soweit, Anja.«

Anja schüttelt den Kopf und leise Schreie entrinnen am Ende des Schlauches, der sich in Anjas Mund befindet. Ronda zieht Anjas verpackten Körper in den Bollerwagen und macht sich mit ihr auf dem Weg zur Scheune. Als sie das Scheunentor verriegelt hat, knippst sie das schwache Licht an und zieht den Bollerwagen samt Anja neben eins der ausgegrabenen Löcher. Vorsichtig lässt Ronda den verpackten Körper hinuntergleiten.

Als Anja in dem Loch steht, klettert Ronda auch hinein und legt Anja langsam auf dem Lochboden. Ronda steigt mit ihren Füßen auf Anjas Körper, fasst das Ende des Schlauches, welcher mit Anjas Mund verklebt ist und klettert aus dem Loch. Sie befestigt das Ende des Schlauches an den Bollerwagen, holt eine Schaufel und beginnt mit einem Grinsen damit, das Loch mit Erde zu füllen. Dabei ergötzt sie sich an Anjas ängstlichem Gesichtsausdruck. Ronda schaufelt langsam und vorsichtig, denn sie möchte Anjas Gesicht so spät wie möglich mit Erde bedecken. Nach einer halben Stunde ist von Anja und dem Loch nichts mehr zu sehen. Ronda tritt mit ihren Füßen noch die Erde fest und kniet sich auf das zugeschüttete Loch. Sie nimmt den herausragenden Schlauch in die Hand und vernimmt ein leises Wimmern, welches aus dem Schlauch kommt. Ronda hält sich den Schlauch an die Lippen.

»Bald hast du es geschafft, mein Schatz, dann erlöse ich dich.«

Ronda hebt ihr Kleid und schiebt sich den Schlauch in ihre Vagina. Immer wieder erhebt sie ihr Becken und besorgt es sich selbst. Glücklich und gelöst zieht sie den Schlauch nach kurzer Zeit aus ihre Muschi. Aus einer Ecke der Scheune holt sie ein Messer und einen großen Trichter. Sie schneidet den herausragenden Schlauch am Boden ab und setzt den Trichter auf den

Schlauch, der sich in der Erde befindet. Ronda füllt die Schaufel mit Sand und füllt den Trichter mit dem Sand. Sie schaut sich an, wie der Sand langsam in die Tiefe rieselt und sich der Trichter immer mehr leert. Als der Boden des Trichters noch leicht mit Sand bedeckt ist, hört die Bewegung des Sandes auf. Ein Grinsen huscht durch Rondas Gesicht. Sie weiß nun, dass der Schlauch und Anjas Rachen mit Sand gefüllt sind. Ronda drückt noch einmal feste auf den Trichter, damit der Rest vom Schlauch in die Erde versinkt und entfernt diesen anschließend, um noch eine Schaufel Sand darüber zu leeren. Nichts deutet mehr darauf hin, dass Anja hier qualvoll sterben musste. Gutgelaunt verlässt Ronda die Scheune und geht direkt in ihr kleines Autorenzimmer. Sie schaut aus dem kleinen Fenster und sieht, dass die Nacht friedlich und ruhig ist. Fröhlich setzt sie sich an ihren Computer, da sie einige neue Zeilen für ihr neues Buch

schreiben möchte. Als Ronda das Kapitel abgeschlossen hat, kehrt sie in sich und überlegt.

Wenn die Opfer zu mir kommen, bräuchte ich mich nicht mehr auf die Suche zu machen. Ich könnte sie betäuben und dann in aller Ruhe mit dem Klebeband bewegungsunfähig machen. Im Keller in einem Regal steht seit Jahren ein großes Glas mit Chloroform, welches nie benutzt wurde. Ob man damit tatsächlich Leute betäuben konnte, wie es in alten Filmen immer gezeigt wird? Was würde passieren, wenn man ein Tuch mit Chloroform tränkt und jemanden auf das Gesicht presst? Wie lange würde es dauern, bis die Betäubung einsetzt und wie lange hält die Betäubung an? Ronda beschließt, dass Chloroform am morgigen Tag an sich selber zu testen. Sie verlässt ihren kleinen Autorenraum und geht ins Bett.

Beim Frühstück ist Ronda wieder mit ihren Gedanken bei ihren zukünftigen Opfern. Wenn das mit dem Chloroform funktioniert, hätte sie mit ihren Opern ein leichtes Spiel. Auch an der Entsorgung der Leichname muss sie etwas ändern. Das Ausgraben der tiefen Löcher wird ihr auf Dauer zu anstrengend. In der Scheune steht eine große Tiefkühltruhe, dort passt aber nur ein Körper hinein. Nach einer Weile hat Ronda eine Idee. In der Scheune neben dem Traktor befindet sich ein alter fünftausend Liter Tank, der sich in der Erde befand und schon ewig keine Verwendung mehr hatte. Der Tank war aus Metall und diente zu ihrer Jungendzeit als Heizöllager.

Oberhalb des Tanks war eine große Öffnung, die man mit einem großen Metalldeckel luftdicht verschließen konnte. Zügig zieht Ronda sich an und geht in die Scheune. Vorsichtig schiebt sie ihren Körper an den Traktor vorbei und beugt sich über den großen Deckel des Tanks. Vergeblich versucht sie den Verschluss des Deckels zu öffnen.

»Mist, alles festgerostet«, flucht sie.

Sie holt einen großen Vorschlaghammer und haut einige Male gegen den Verschluss des Metalldeckels und endlich öffnet er sich. Ronda betrachtet die achtzig Zentimeter große Öffnung.

»Klasse«, freut sie sich. »Durch diese Öffnung passt leicht ein menschlicher Körper«

Ronda holt eine Taschenlampe und leuchtet in den Tank. Der Tank ist trocken und an den Innenseiten etwas verrostet. Ronda klettert in den Tank und nur noch ihr Kopf schaut aus der Öffnung heraus. Sie bückt sich und leuchtet in den Tank.

»Wow«, bringt Ronda überrascht hervor. Der Tank ist fünf Meter lang, damit hat sie nicht gerechnet. »Eine Menge Platz für meine Opfer, haha! Warum bin ich nicht eher auf diese Idee gekommen?«

Ronda klettert wieder aus den Tank, verschließt den Deckel und schiebt eine Holzkiste darauf. Beim Hinausgehen schaut sie auf das ausgegrabene Loch in dem kleinen Stall.

»Ein Opfer werde ich noch vergraben und alle anderen landen schön verpackt in den Tank.«

Als Ronda wieder im Haus ist, geht sie in den Keller. In einem Regal steht ein altes Einmachglas mit dem Schriftzug, Chloroform. Vorsichtig öffnet sie das Glas und riecht daran. Einen süßlichen Duft atmet sie ein.

»Hoffentlich ist es auch Chloroform.«

Sie verschließt das Glas wieder und nimmt es mit ins Haus. Vorsichtig stellt sie das Glas neben dem Bett ab.

»Ich muss es an mir selber testen. Wenn es wirklich Chloroform ist, muss ich wissen, wie es bei meinen Opfern wirkt.«

Ronda holt sich eine Stoppuhr und einen kleinen Lappen und legt sich auf das Bett. Sie tunkt den Lappen in das Chloroformglas, startet die Stoppuhr und hält sich den Lappen vor das Gesicht und atmet tief ein. Es dauert nicht lange und Ronda liegt bewusstlos auf ihrem Bett. Nach einer Weile öffnet sie wieder ihre Augen und es dauert einige Zeit, bis sie wieder klar im Kopf ist.

»Es ist tatsächlich Chloroform«, freut sie sich. Sie hält die Stoppuhr an und schaut auf die Zeiger. »Dreißig Minuten hat das Prozedere gedauert, bis ich wieder klar im Kopf war. Die Zeit reicht, um jedes Opfer bewegungsunfähig zu machen.«

Zufrieden nimmt Ronda das Chloroformglas und bringt es in die Küche, um es in einem Schrank zu verstauen.

Es vergehen einige Tage, bis jemand an Rondas Türe klingelt. Gemütlich schlendert Ronda zur Türe und öffnet diese. Sie schaut in ein großes, rundes Gesicht eines Mannes, der ihr empfiehlt, den Stromanbieter zu wechseln. Ronda lädt in ins Haus ein und setzt sich mit ihm in die Küche, um sich beraten zu lassen. Der Vertreter schwafelt und schwafelt von seinem tollen Angebot, doch Ronda ist mit ihren Gedanken woanders.

»Entschuldigen Sie, ich bin so unhöflich, darf ich Ihnen eine Tasse Kaffee anbieten?«

Der Vertreter nickt und lächelt, und erzählt weiter von seinen Angeboten. Ronda geht an ihm vorbei und öffnet den Schrank.

Unauffällig öffnet sie das Chloroformglas und tränkt einen danebenliegenden Lappen mit der Flüssigkeit. Sie stellt sich leise hinter den Vertreter und presst ihm den vollgetränkten Lappen ins Gesicht. Der Vertreter versucht noch eine kurze Zeit, Rondas Hand aus seinem Gesicht zu entfernen, doch er schafft es nicht. Er muss das Chloroform einatmen und schnell sackt sein

Kopf nach vorne. Ronda zieht den Vertreter ins Schlafzimmer und entkleidet ihn. Vorsichtshalber presst sie im noch einmal den Lappen ins Gesicht. Sie hievt seinen Körper auf das Bett und verklebt diesen mit Klebeband. Zum Schluss verklebt sie ihm noch den Mund und schaut sich ihr neues Opfer an.

»Widerlich, wie kann ein Mensch nur so behaart sein«, flucht sie.

Sie leert die Taschen seiner Bekleidung und zieht eine Visitenkarte hervor.

»Aha, Kai heißt du also. Als Stromverkäufer sollst du den Strom der Konkurrenz zu spüren bekommen, haha!«

Ronda lacht, da sie gerade eine Idee hat, wie sie Kai umbringen wird. Sie packt die Bekleidung von Kai in einen Sack, geht in die Scheune und schmeißt den Sack in das für Kai vorgesehene Loch. Wieder im Haus angekommen, öffnet sie die Schlafzimmertüre und beobachtet den Vertreter, der mittlerweile wieder zu sich gekommen ist.

»Na Kai, wie gefällt dir das?«

Der Vertreter babbelt sich etwas in den Mund und versucht sich zu befreien.

»Ja, versuche nur, deiner Situation zu entfliehen. Du hast noch einige Stunden, bis es dunkel wird, haha! Dann werde ich dein Leben beenden, mit meinem teuren Strom, haha«

Ronda bemerkt, dass Kai seine Augen weit aufreißt und mit all seiner Kraft versucht, sich zu befreien. Doch aus Rondas Packtechnik ist noch niemand entkommen.

»Bedauerlich ist nur, dass ich dich nicht ficken möchte, da du beharrt bist wie ein Tier. Aber du hast ja noch eine Zunge«

Grinsend nimmt Ronda das Chloroformglas und schließt die Schlafzimmertüre. Sie verschließt das Glas und stellt es wieder in den Küchenschrank.

Als die Dämmerung eintritt, holt Ronda einen alten Fön und ein Verlängerungskabel aus dem Keller und geht in die Scheune.

Den Stecker des Föns steckt sie in das Verlängerungskabel und den Stecker des Verlängerungskabels in eine Steckdose. Sie legt den Fön neben das ausgegrabene Loch und zieht den Bollerwagen ins Haus. Als Ronda die Schlafzimmertüre öffnen will, ist sie überrascht, sie kann die Türe nicht öffnen. Mit ihrem gesamten Gewicht drückt sie gegen die Türe und endlich öffnet sich diese langsam. Kai hat es geschafft, sich vor die Türe zu rollen und Ronda schiebt seinen Körper wieder Stück für Stück ins Schlafzimmer. Als die Türe weit geöffnet ist, zieht sie den Bollerwagen neben Kais Körper und grinst.

»Du hast es wenigstens versucht, Kai, doch nun ist deine Zeit gekommen.«

Ronda fasst Kais Oberkörper und wuchtet ihn mit aller Kraft in den Bollerwagen. Der Oberkörper des Vertreters liegt nun in der Mulde und seine Unterschenkel hängen heraus. Er hat keine Chance mehr, den Bollerwagen zu verlassen. Ronda zieht den Bollerwagen durch die Dunkelheit in die Scheune und verschließt das Scheunentor. Sie hebt Kai aus dem Bollerwagen und legt ihn neben das ausgegrabene Loch.

»Bin gleich wieder da, mein Stromverkäufer.«

Zügig verlässt Ronda die Scheune und kehrt mit einer Schere und einer Rolle Klebeband zurück. Sie verriegelt wieder das Scheunentor und dreht mit dem Dimmer das Licht schwächer.

Kai liegt auf dem Rücken und schaut voller Angst zu Ronda. Ronda zieht ihre Hose aus und zeigt mit dem Finger auf ihre blankrasierte Muschi. Sie stellt ihren Fuß auf Kais Stirn und lächelt ihn an.

»Diese darfst du mir gleich schön lecken, das willst du doch, oder? Ja, ich weiß doch, was ihr Männer wollt. Ich werde dir das Klebeband von deinem Mund entfernen und du wirst mich schön lecken. Solltest du schreien, schneide ich deine Zunge ab. Wenn du mich ordentlich leckst, lass ich dich vielleicht wieder frei, also gib dir Mühe!«

Ronda kniet sich über das Gesicht des Vertreters und entfernt das Klebeband von seinem

Mund. Als Kai etwas sagen will, drückt sie ihm ihre Hand auf dem Mund und zeigt ihm die Schere.

»Ein einziges Wort und deine Zunge ist futsch, mein Lieber!«

Sie entfernt ihre Hand wieder und Kai sagt keinen Ton. Ronda schiebt ihre Vulva über Kais Gesicht.

»Jetzt lecke mich, wie du noch nie eine Frau geleckt hast.«

Kai gehorcht und leckt Ronda wie wild, in der Hoffnung, dass sie ihn danach wieder gehen lässt. Ronda seufzt vor sich hin und genießt. Als sie ihren Orgasmus bekommt, stöhnt sie leise und rutscht mit ihrer Lustgrotte über Kais Gesicht.

»Das hast du gut gemacht, Kai. Dafür hast du dir eine Überraschung verdient.«

Ronda kniet sich neben den Stromverkäufer, nimmt den Fön und drückt diesen gewaltsam in Kais Mund. Sie nimmt das Klebeband und verklebt den Fön mit dem Mund des Vertreters. Nach kurzer Zeit ist der Fön mit dem Mund perfekt verklebt, sodass keine Luft mehr entweichen könnte.

Kai wackelt mit seinem Kopf hin und her. Er versucht, den Fön aus seinem Mund zu bekommen und Ronda schaut sich das Schauspiel genüsslich an.

»Gib es auf, den Fön bekommst du nicht entfernt.«

Ronda zieht sich ihre Hose wieder an und beginnt damit, den Körper des Vertreters in das ausgegrabene Loch zu befördern.

Nach einiger Zeit liegt Kai auf seinen Rücken am Boden des Loches. Mit weit aufgerissenen Augen sieht er, wie Ronda an dem, in seinem Mund steckenden Fön herumfummelt.

»So, erst einmal auf Stufe drei«, grinst Ronda. Magst du warme oder kalte Luft?«

Ronda geht mit ihrem Ohr zum Fön.

»Ich verstehe kein Wort, aber ich glaube, warme Luft wird dir gut tun.«

Ronda stellt den Fön auf Warmluft und schaltet den Fön an. Sie klettert aus dem Loch und beginnt damit, dass Loch zu zuschaufeln. Während des Zuschaufelns beobachtet sie lachend Kais Gesicht. Seine Wangen sind weit auseinandergeblasen und seine Augen weit aufgerissen. Ronda schaufelt und schaufelt. Das Geräusch des Föns ist kaum noch hörbar. Als das Loch wieder komplett mit Sand gefüllt ist, ist kein Föngeräusch mehr zu hören. Ronda nimmt das Verlängerungskabel in die Hand und zieht es mit einem festen Ruck aus dem zugegrabenen Loch. Von dem Fönkabel ist nichts mehr zu sehen und Ronda ist zufrieden. Sie tritt noch einige Male auf die Stelle, wo sich das Loch befand.

»So, ab jetzt landen alle Opfer in den alten Öltank, da entfällt die lästige Graberei in Zukunft.«

Ronda nimmt Verlängerungskabel, Schere und Klebeband und legt alles auf den alten Traktorsitz. Den Bollerwagen schiebt sie wieder in die Ecke, wo er hingehört und verlässt die Scheune.

Sie geht in ihr Autorenzimmer und schaltet den Computer an und ist erfreut, dass sie, dank des Stromverkäufers, ein neues Kapitel niederschreiben kann.

Am frühen Morgen wird Ronda von der Türglocke geweckt. Verschlafen geht sie zur Haustüre und öffnet sie. Erstaunt schaut Ronda in Sandras Gesicht.

»Hallo Sandra, was willst du um diese Uhrzeit?«

»Es ist zehn Uhr, Ronda, ich hatte hier in der Ecke zu tun und dachte, ich schau einmal vorbei.«

»Zehn Uhr schon, ich dachte, es wäre früher, dann komm mal rein.«

Beide gehen in die Küche und Ronda schaltet den Kaffeeautomaten an.

»Wie findest du mein Outfit, Ronda?«

Ronda mustert Sandra mit großen Augen. Wie immer ist Sandra komplett in schwarz gekleidet, wie es sich für einen Gruftie gehört. Allerdings hat sie diesmal ein schwarzes Lackoberteil und einen langen, weitgeschnittenen Lackrock an.

»Etwas provokant, aber sexy«, entgegnet Ronda.

»Findest du mich scharf, so wie ich aussehe?«

»Sandra, ich bin gerade aufgestanden, lass mich doch erst einmal wach werden.«

Ronda stellt zwei Tassen Kaffee auf den Tisch und die beiden setzen sich.

»Ich habe keinen Slip an.«

Ronda schaut Sandra etwas länger in die Augen.

»Ok, ich find dich scharf, zufrieden?«

Sandra nickt zufrieden und zieht unter dem Tisch ihre schwarzen, hochhackigen Schuhe aus. Sie hebt ihr Bein unter dem Tisch an und platziert ihren Fuß zwischen Rondas Beine und grinst. Zärtlich streichelt sie mit ihren Zehen Rondas Vagina.

»Gibt es auch mal Momente, in denen du nicht geil bist?«, fragt Ronda.

»Nein«, antwortet Sandra frech.

Ronda lächelt. Deswegen mochte sie Sandra. Sie war jung, hübsch, frech und unbekümmert.

»Lass uns miteinander schlafen«, haucht Sandra durch ihre knallrot geschminkten Lippen. Sie steht auf, fasst Rondas Hand und zieht sie ins Schlafzimmer. Ronda zieht ihren Morgenmantel aus und legt sich mit dem Rücken auf das Bett.

Sandra hebt ihren langen Lackrock an und steigt mit ihrer Muschi über Rondas Gesicht und lässt den Lackrock über Rondas Kopf fallen. Um Ronda wird es dunkel und sie beginnt damit, Sandras Vagina mit der Zunge zu verwöhnen. Auch Sandra lässt ihre Zunge zwischen Rondas Schamlippen gleiten und beide stöhnen laut. Als Sandra ihren Höhepunkt erreicht, setzt sie sich auf Rondas Gesicht und presst ihr Hinterteil auf Rondas Kopf. Ronda ist erschrocken, sie kann kaum atmen. Da Sandra ihr Hinterteil nicht erhebt, schubst Ronda sie herunter.

»Mensch, Sandra, was soll das? Willst du mich umbringen?«

»Gib zu, dass es dir gefallen hat«, lacht Sandra.

»Nein, überhaupt nicht, mach das nie wieder.«

»War doch nur ein harmloses Facesitting«, antwortet Sandra.

»Egal, was es war, ich mag das nicht«, zischt Ronda.

»Magst du eigentlich Bondage? Soll ich dich einmal festbinden, so dass du mir völlig ausgeliefert bist?«, fragt Sandra.

»Niemals«, antwortet Ronda erbost.

Nach einer kurzen Redepause schaut Ronda zu Sandra auf. »Soll ich dich einmal fesseln, magst du es?«

Sandra streichelt mit ihren Fingern Rondas Lippen. »Nee, du, ich übernehme lieber den dominanten Part, ich mag es auch nicht gefesselt zu werden.«

»Gut, dann sind wir uns ja einig, ich bin auch dominant und nicht devot«, entgegnet Ronda.

Beide gehen in die Küche und genehmigen sich noch eine Tasse Kaffee. Nach einer viertel Stunde zieht Sandra ihre Schuhe unter dem Tisch hervor und zieht sie wieder an.

»So, die Pflicht ruft, ich muss wieder«, bedauert Sandra. »Aber irgendwann fahren wir zu mir, ich möchte unbedingt mal mit dir in meinen Sarg schlafen.«

»Ach, du mit deinem Sarg.«

»Das ist geil, glaub es mir.«

»Ja, vielleicht irgendwann einmal, Sandra.«

Beide verabschieden sich voneinander und Ronda setzt sich wieder in die Küche und grübelt nach.

Wenn Sandra mich gefesselt hätte und sich auf mein Gesicht gesetzt hätte, wäre ich vielleicht auch schon tot. Ein kleines dominantes Luder ist sie. Genau wie ich. Vielleicht würde ihr das Morden auch gefallen? Sollte ich sie einweihen? Besser nicht. Warum will sie mit mir Sex in einem Sarg haben? Der Gedanke allein widert mich an.

Es vergehen drei Wochen bis Ronda wieder das Bedürfnis hat, einen bizarren Mord zu begehen. Eines Morgens geht sie in die Scheune, um sich ein wenig inspirieren zu lassen. Sie schließt die alte Kühltruhe, die in einer Ecke steht, an eine Steckdose an.

»Vielleicht funktioniert das alte Teil ja noch«, grinst sie.

Ronda öffnet eine Türe, die sich neben den gestapelten Heuballen befindet und schaltet das Licht ein. Es ist ein kleiner Raum der zehn Quadratmeter misst. Hier hatte ihr Vater früher Tiere geschlachtet und ausgenommen. In einer Ecke steht noch eine alte Schlachtbank und in der Mitte des Raumes befindet sich ein stabiler Holzbalken, dessen Enden in Decke und Boden verschwinden. Ronda grübelt vor sich hin und ihr Gesichtsausdruck lässt erahnen, dass sie wieder eine mordende Idee hat.

»Der Raum gefällt mir gut, an dem Balken kann ich sehr gut ein neues Opfer befestigen und dieses gut beobachten. Hübsch geknebelt und bei verschlossener Türe würde kein Mensch einen Ton des Opfers hören.«

Leise lachend löscht Ronda das Licht und schließt die Türe. Sie geht zu der großen Kühltruhe und öffnet sie.

»Klasse, die funktioniert ja noch, für diese Truhe lasse ich mir auch noch etwas einfallen.«

Ronda geht ins Haus und füllt einen Beutel mit Klebebändern, Scheren, dass Chloroformglas, einige Lappen, einige große Müllsäcke und deponiert die Gegenstände in einem Regal in der Scheune. Wieder geht Ronda ins Haus und füllt einen zwanzig Liter Kanister, an dem sich ein Absperrhahn befindet, mit Wasser. Sie geht in den Keller und holt einige längere, durchsichtige Plastikschläuche und bringt diese mit samt dem gefüllten Wasserkanister in die Scheune. Die Schläuche hängt sie über das Regal, wo sich die anderen Utensilien befinden und den Wasserkanister stellt sie in die Tiefkühltruhe und schließt den großen Deckel. Erfreut reibt sich Ronda ihre Hände.

»Die Vorkehrungen für das nächste Opfer sind getroffen, nun fehlt nur noch das Opfer.«

Ronda verlässt die Scheune und geht wieder ins Haus. Vor einem Glas Wein sitzend, ist Ronda in ihre Gedanken vertieft.

Wie bekomme ich meine nächsten Opfer direkt in die Scheune? Wenn ich meine Opfer direkt in der Scheune betäube, wäre alles viel einfacher. Mit dem Bollerwagen besteht immer die Gefahr, durch Zufall, von jemandem entdeckt zu werden. Irgendwie bekomme ich das schon hin. Oder sollte ich mit Sandra ein wenig spielen? Verdient hätte sie es ja, nach der Facesittingnummer. Nein, ich mag ja das freche Gruftieweib, der Sex mit ihr tut hin und wieder ja ganz gut und ist so schön unkompliziert.

Ronda beschließt, heute früh ins Bett zu gehen, da sie morgen einiges in der Stadt zu erledigen hat.

Am frühen Morgen erwacht Ronda und macht sich nach dem Frühstück auf den Weg in die Stadt. Gegen Mittag hat sie alles erledigt, was zu erledigen war und macht sich mit ihrem Wagen auf dem Heimweg. Auf der Landstraße sieht sie aus der Ferne eine Anhalterin. Zuerst glaubt Ronda es sei Sandra, doch als sie sich der Person immer mehr nähert, sieht sie eine junge Frau mit rötlichem Haar und verweintem Gesicht. Ronda bremst am Straßenrand und winkt die Anhalterin zu sich. Sie lässt das Beifahrerfenster hinunter.

»Wo soll es denn hingehen?«

»Mir egal, nur weg hier.«

»Na, dann steigen Sie mal ein.«

Erfreut darüber, dass sie mitfahren darf, steigt die junge Frau zügig zu Ronda ins Fahrzeug.

»Was ist denn passiert?«, fragt Ronda neugierig.

»Ach, ich habe gerade meinen Job gekündigt und will einfach nur fort von hier, ich habe keinen Bock mehr.«

»Wollen Sie erst einmal mit zu mir, bis Sie sich wieder beruhigt haben?«

Die junge Frau schaut Ronda verwundert an.

»Das wäre sehr nett, übrigens, ich heiße Barbara.«

»Mein Name ist Ronda.«

»Danke, Ronda, fürs Mitnehmen.«

»Gerne, Barbara, dann fahren wir mal zu mir, dort kannst du dich erst einmal bei einer guten Tasse Kaffee beruhigen.«

Langsam steuert Ronda ihr Fahrzeug dem Haus entgegen. Als sie angekommen sind, führt Ronda ihre Beifahrerin ins Haus.

Ronda macht auf die Schnelle zwei Tassen frisch gerösteten Kaffee mit ihrem Kaffeeautomaten und beide setzten sich an den Küchentisch.

»Ist das dein Haus, Ronda?«, fragt Barbara.

Ronda nickt, während sie an ihrem Kaffee schlürft.

»Und dein Mann? Ist der noch am Arbeiten?«

»Nein Barbara, ich habe und brauche keinen Mann, ich bin alleine sehr glücklich.«

»Was machst du denn beruflich?«, fragt Barbara neugierig.

»Schriftstellerin.«

»Ach so, ich wollte dich schon fragen, ob du einen Job für mich hast.«

Ronda schaut sich Barbara an und denkt nach. »Ich habe hinter dem Haus eine Scheune, dort hätte ich etwas Arbeit für dich.«

»Mensch, Ronda, das wäre klasse, ich bin nämlich total abgebrannt und könnte einige Euro gebrauchen.«

Ronda grinst und ihre Augen fangen an zu funkeln. »Nun lass uns erst einmal unseren Kaffee genießen, ich werde dir später die Scheune zeigen und dir deine Aufgaben erklären«

Barbara nickt freundlich und bedankt sich noch einmal, dass Ronda sie aufgelesen und mitgenommen hat.

Nachdem die beiden lange Zeit miteinander geplaudert haben, erhebt sich Ronda.

»Nun Barbara, möchte ich dir gerne die Scheune zeigen, wenn du magst.«

»Na klar, Ronda, zeig sie mir und sage mir, was ich darin arbeiten soll.«

Als beide um das Haus gehen, ist es noch taghell. Da Ronda umdisponiert hat, muss sie nicht mehr auf die Dunkelheit warten. Von nun an kann sie sich zu jeder Tageszeit um ihre Opfer kümmern, was ihr sehr gut gefällt.

Ronda öffnet das Scheunentor und beide betreten die Scheune. Sie zeigt auf die drei kleine Ställe, die sich in der Scheune befinden.

»Die müssten mal gesäubert und die Scheune entrümpelt werden«, erklärt sie Barbara.

Während Barbara zu den Ställen geht, geht Ronda unbemerkt zu dem an der Wand hängenden Regal, öffnet schnell das Chloroformglas und tunkt einen Lappen hinein. Schnell heftet sie sich an Barbaras Fersen und hat auch schnell wieder zu ihr aufgeschlossen.

»Kein Problem, Ronda, wo soll das Gerümpel denn hin?«

Ronda zeigt mit ihrem Finger in eine Ecke und Barbara wendet ihr den Rücken zu. Schnell nimmt Ronda sie von hinten in den Schwitzkasten und hält ihr den mit Chloroform getränkten Lappen ins Gesicht. Barbara versucht sich wehren, doch Rondas Griff ist fest und sie presst den Lappen feste auf ihr Gesicht, so das Barbara nicht herumkommt, die Dämpfe einzuatmen. Es dauert auch nicht lange und Barbara sackt betäubt auf den Scheunenboden. Zügig geht Ronda zum Scheunentor und verschließt es. Wieder bei Barbara angekommen, beginnt Ronda damit, sie zu entkleiden. Mit funkelnden Augen betrachtet sie Barbaras jungen Körper.

»Mit dir werde ich mich etwas länger vergnügen, meine Babsi!«

Grinsend holt sie das Klebeband vom Regal und verklebt Barbaras Arme am Oberkörper. Anschließend umwickelt sie Barbaras Oberschenkel, Knie und Füße mit dem Klebeband und verschließt auch ihren Mund. Ronda fasst

Barbaras Füße und zieht sie durch die Scheune in den kleinen Schlachterraum. Sie setzt Barbara gegen den Balken, der sich in der Mitte des kleinen Raumes befindet und befestigt ihren Oberkörper mit dem Klebeband an den Balken. Sie macht das Licht an und beobachtet, wie Barbara langsam wieder zu sich kommt. Barbaras Augen weiten sich, als sie die Schlachtbank erblickt. Ronda hat sie so hingesetzt, dass sie direkt darauf schaut. Barbara schreit hinter ihrem verklebten Mund und zappelt ein wenig herum. Mit einem fragwürdigen Blick schaut sie zu Ronda auf, die sich mittlerweile auf die Schlachtbank gesetzt hat. Aufmerksam beobachtet Ronda, wie der Angstschweiß an Barbaras Körper herunter rinnt.

»Da staunst du was, Babsi«, lacht Ronda. »Gerade noch angezogen und auf Jobsuche und nun nackt und hübsch verpackt in meinem Schlachtraum, haha!«

Barbara schaut Ronda verwirrt an und versucht wieder, sich aus ihrer prekären Lage zu befreien. Ronda schaut sich Barbaras Bemühungen grinsend an.

»Versuch es nur, meine Süße, es wird dir nicht gelingen, dich zu befreien.«

»Du bist hier, damit ich mich mit dir vergnüge, du wirst mir einige geile Orgasmen bereiten und wenn ich keine Lust mehr auf dich habe, werde ich dich töten.«

Barbara schreit und weint und versucht sich zu befreien, während Ronda von der Schlachtbank springt. Ronda streichelt Barbara zärtlich durch das Gesicht.

»Wenn du es mir immer schön geil besorgst, lebst du auch länger, merke dir das, meine Babsi!«

Ronda schaltet das Licht in dem moderig riechenden Raum aus und verriegelt die Türe. Mit Freude verschließt sie das Glas, in dem sich das Chloroform befindet und verlässt die Scheune.

Als Ronda von der Scheune zum Hauseingang geht, erblickt sie Sandra, die in ihrer Gruftiekluft vor der Haustüre steht.

»Hallo, Sandra, was machst du denn hier?«

»Hey, Ronda, ich möchte dich einladen, eine Gothikfreundin schmeißt eine Party, da geht immer die Post ab.«

»Wann soll die Party denn stattfinden?«

»Heute Abend, Ronda.«

»Mensch, Sandra, das ist mir zu kurzfristig.«

Sandra hakt sich in Rondas Arm ein und beide gehen ins Haus.

»Stell dich nicht so an, das wird eine geile Party ohne Männer, es sind nur scharfe Mädels da und alle sind lesbisch oder bi.«

»Hm…« Ronda grübelt eine Weile nach. »Nun gut, ich komme mit, muss ich etwas beachten?«

»Du gehst mit?«

Ronda nickt.

»Cool von dir, beachten brauchst du nichts, kleide dich nur komplett in schwarz und mach dein Gesicht etwas blasser, dann passt es.«

Ronda mustert Sandra. Sie trägt ein schwarzes weites Lackkleid, schwarze Pumps, schwarze Nylons, schwarze Fingernägel, ein schwarzes Halsband und ist geschminkt wie ein Vamp.

»Also so wie du?«

»Ja, dass wäre perfekt«, lacht Sandra.

»Und Unterwäsche kannst du auch weglassen, es geht dort nämlich heiß her.«

»Nun gut, wie viel Zeit habe ich, um mich fertig zu machen?«

»Wenn wir in einer Stunde los können, wäre es gut.«

»Das schaffe ich, mach dir einen Kaffee oder etwas anderes, du weißt ja, wo alles steht, ich mache mich in der Zwischenzeit fertig.«

Ronda streichelt noch einmal zärtlich über Sandras Brust und verschwindet ins Schlafzimmer.

»Ganz in schwarz«, murmelt Ronda vor sich hin und öffnet ihren Kleiderschrank. Sie entkleidet sich komplett und streift sich ein Paar schwarze

Strapse über ihre Beine. Ronda fasst in ihren Schrank und schiebt ihre Kleider von links nach rechts. Sie erblickt ein schwarzes Seidenkleid mit langen Ärmeln, welches sie noch nie anhatte, da es mehr aussieht, wie ein Negligee. Ronda mustert das Kleid und zieht es sich über. Sie geht vor den Spiegel und schaut sich an. Das Kleid ist hochgeschlossen und schaut nicht einmal so übel aus, da Ronda keinen BH anhat, sieht sie, dass ihre Brustnippel etwas hervorstehen.

»Genau das richtige für eine Lesbenparty«, schmunzelt sie.

Ronda bindet noch einen schwarzen Seidenschal um ihren Hals und begibt sich ins Badezimmer. Sie schminkt sich blass und lackiert ihre langen Fingernägel mit schwarzem Nagellack. Ronda trägt einen dunkelroten Lippenstift auf und begutachtet ihr Äußeres im Spiegel und lacht laut los.

»Wie eine Tote sehe ich aus, wer mich nicht kennt, würde bei meinem Anblick Angst bekommen!«

Ronda geht wieder ins Schlafzimmer und schlüpft in ihre schwarzen High Heels. Aus dem Schrank nimmt sie einen schwarzen Pelzmantel, zieht ihn über und geht zu Sandra in die Küche. Als Sandra sie erblickt, reißt sie ihre Augen weit auf.

»Wow, du bist ja der Wahnsinn«, bemerkt sie. »Du siehst so geil aus, ich könnte mich sofort in dich verlieben.«

Ronda lacht laut los. »Du stehst wohl auf Tote, haha!«

Sandra erhebt sich und lässt ihre Hand unter Rondas Pelzmantel gleiten. Langsam wandern ihre Finger zu Rondas Brustnippel, die nun weit hervorstehen. Beide beginnen damit, sich zärtlich zu küssen.

»Ich liebe dich«, seufzt Sandra.

Ronda lässt von Sandra ab und streichelt ihr durchs Haar.

»Liebe ist etwas für Träumer, ich liebe den gelegentlichen Sex mit dir, aber sonst auch nichts, Sandra.«

Schmollend schaut Sandra zu Ronda. »Eines Tages wirst du mich auch lieben, denn wir gehören zueinander«

»Vielleicht, aber ich denke eher nicht, du lebst dein Leben und ich meins und hin und wieder vergnügen wir uns.«

Ronda nimmt Sandra in den Arm. »Sei nicht böse, ich mag dich doch.«

Sandras Gesicht wirkt wieder etwas freundlich und sie schaut sich Ronda noch einmal genau an.

»Der Pelzmantel sieht auch scharf aus, aber ist es dafür nicht zu warm?«

»Ich habe leider nichts anderes, was auf dieses Kleid passt, aber ich möchte schon etwas anhaben während der Fahrt.«

Sandra grinst. »Aber auf der Party musst du den Pelz schon ausziehen, dort ist jede Frau nur leicht bekleidet.«

»Schon klar«, entgegnet Ronda.

»Und ich fahre.«

»Ok, dann mal los.«

Ronda übergibt Sandra ihre Wagenschlüssel und beide machen sich auf den Weg zum Wagen.

Während Sandra über die Landstraße fährt, denkt Ronda über Barbara nach, die sie in dem kleinen Schlachterraum in ihrer Scheune gefangen hält. Sie ist fest entschlossen, sich am morgigen Tag von ihr verwöhnen zu lassen. Bei diesem Gedanken ist Ronda erregt. Draußen ist es dunkel geworden und am Himmel erkennt man deutlich den vollen Mond.

»Da sind wir«, sagt Sandra, als sie vor einem Einfamilienhaus parken. Ronda wird aus ihren Gedanken gerissen und betrachtet das Haus, welches vom Mondlicht angeleuchtet wird.

»Haben die kein Licht«, fragt Ronda etwas verdutzt.

»Kerzenlicht«, grinst Sandra. »Die Vorhänge sind alle zugezogen, deshalb dringt kein Licht nach außen.«

Beide verlassen den Wagen und gehen zum Hauseingang.

»Ihr Grufties seit schon ein seltsames Volk«, kichert Ronda.

Sandra betätigt die Türglocke und ein »Hallo« wird ihnen aus der Sprechanlage entgegen gehaucht.

»Sandra hier, mit Begleitung.«

Es dauert nicht lange und eine hübsche Lady öffnet die Türe. Ronda betrachtet die Lady, die nur ein kurzes durchsichtiges Kleidchen und hohe Schuhe anhat.

»Hübsches Kleid«, schmunzelt Ronda ihr zu, als sie das Haus betreten. Ihr Kommentar wird mit einem kurzen Lächeln erwidert und die Türe schließt sich hinter ihnen. Bevor die Lady in einen anderen Raum verschwindet, zeigt sie noch auf die Garderobe.

»Hier könnt ihr ablegen.«

Ronda und Sandra entledigen sich ihrer Mäntel und nehmen sich an den Händen.

»Pass gut auf mich auf, Sandra, das ist Neuland für mich.«

Sandra drückt Rondas Hand und beide gehen in einen großen Raum. Hunderte von brennenden Kerzen stehen überall herum und der große

Raum ist komplett in schwarz gestrichen. In der Mitte des Raumes steht ein riesiges Bett, welches mit Stacheldraht verziert ist. Ronda vernimmt im Hintergrund mystische Musik. Ihr ist nun doch ein wenig unwohl in ihrer Haut. In dem Raum sind noch weitere fünfzehn Personen, alles leichtbekleidete Frauen jeder Altersklasse. Ronda findet, dass alle Frauen sehr geheimnisvoll und sexy aussehen. Sie kommt sich vor wie auf einen Vampirball. Zwei Gruftiedamen betätigen sich als Kellnerinnen und versorgen die Gäste mit Getränke.

»Ist ja gruselig hier«, bemerkt Ronda. »Warum steht das riesige Bett in der Mitte des Raumes?«

Sandra löst ihre Hand von Rondas und fährt ihr mit dem Finger über die Lippen.

»Weil hier alle vernascht werden wollen«, haucht sie.

Plötzlich spürt Ronda, wie von hinten zwei Hände über ihre Taille streicheln und sich langsam zu ihrem Schritt vorarbeiten. Ein leises Seufzen entgeht ihr und Ronda dreht sich herum und schaut in ein hübsch geschminktes Gesicht.

»Das ist Cyntia, die Hausherrin«, äußert Sandra.

»Hallo Ronda«, haucht es aus aufgespritzten Lippen. »Sandra hat mir schon viel von dir vorgeschwärmt. Schön, dass du hier bist.«

Ronda reicht ihr die Hand und bedankt sich, dass sie an der Party teilnehmen darf. Sie bemerkt, dass sich Cyntia an beiden Mundwinkeln eine Blutspur geschminkt hat.

»Sieht täuschend echt aus, deine Schminke, als hättest du gerade Blut getrunken«, lacht Ronda.

Nun lachen auch Sandra und Cyntia.

»So schminkt man sich auf einer Vampirparty«, erwidert Cyntia. »Ich werde euch Mädels jetzt erst einmal etwas zu trinken besorgen, lauft nicht fort.«

Als Cyntia in einen anderen Raum verschwindet, fällt Rondas Blick wieder auf das riesige Bett.

»Warum ist das Bett mit Stacheldraht verziert und warum sind dort vier lange Stacheldrahtschlingen an den Bettpfosten angebracht?«

»Alles für die Optik Ronda, sieht doch richtig geheimnisvoll aus, oder?«

Ronda nickt und sieht, wie sich vier hübsche Mädels auf das große Bett begeben und damit beginnen, sich erotisch zu verwöhnen. Hin und wieder werden Sandra und Ronda von vorbeilaufenden Gästen gestreichelt und befummelt, als wäre es das normalste der Welt. Nach einer Weile kommt eine Gruftielady und will Sandra und Ronda aufs Bett ziehen.

»Sollen wir?«, fragt Sandra.

»Gib mir noch etwas Zeit, Sandra, das ist alles noch neu für mich.«

»Ok, schau dir in Ruhe alles an, ich gehe mal mit aufs Bett.«

Ronda nickt ihr zu und sieht, wie sie sich mit der Gruftielady auf das Riesenbett begibt. Mit Argusaugen beobachtet sie, wie Sandra befummelt und von mehreren Frauen geleckt wird. Sie sieht, wie Sandra mehrere Orgasmen bekommt und ist bei dem Anblick nun auch sehr erregt. Sie setzt sich auf ein schwarzes Ledersofa und beobachtet weiterhin das Treiben der Damen auf dem großen Bett. Immer wieder kommen neue Frauen hinzu, während andere das Bett wieder verlassen. Nach einer halben Stunde verlässt auch Sandra wieder das Bett und setzt sich zu Ronda.

»War das geil, ich bin fix und fertig! Versuch es doch auch mal, Ronda, es ist einfach nur geil, von so vielen Zungen verwöhnt zu werden.«

Ronda verneint und schüttelt den Kopf.

»Ich bin noch nicht soweit, Sandra, aber wenn es dich beruhigt, dass Anschauen erregt mich ebenfalls.«

Sandra schiebt ihre Hand unter Rondas Kleid und lässt diese ganz langsam zu Rondas Muschi gleiten.

»Oh ja, ich fühle es, du bist ja völlig nass.«

Ronda legt ihren Kopf in den Nacken und genießt es, von Sandra gestreichelt zu werden.

»Ja, mach's mir, Sandra.«

Während Sandra Rondas Muschi bearbeitet, beugt sich eine andere Lady über Rondas Kopf und küsst sie gierig mit der Zunge. Kurz darauf spielen fremde Finger mit ihren Brustwarzen und Ronda stöhnt schließlich laut auf, da sie einen Orgasmus bekommen hat. Als sie ihre Augen öffnet, sitzt sie wieder alleine mit Sandra auf dem Sofa.

»War doch geil, oder?«, lacht Sandra.

Ronda fasst Sandras Hand.

»Ja, das war es, ich gebe es ja zu«

»Und das war erst der Anfang, es wird noch viel geiler«, freut sich Sandra. Kurz darauf erscheint Cyntia, und überreicht Sandra und Ronda je ein Getränk.

»Blutschampus, extra für euch gemischt, mit meinem Blut, haha!«

Die beiden nehmen die Getränke an sich und Cyntia verzieht sich auch schon wieder.

»Blutschampus?«, fragt Ronda erstaunt.

»Nur ein Scherz«, beruhigt Sandra. »Hier gibt es nur blutrote Getränke, wie dir sicherlich aufgefallen ist, wir sind doch auf einer Gruftieparty.«

Vorsichtig probiert Ronda und leert das Glas dann zügig, während Sandra ihr volles Glas neben dem Sofa abstellt.

»Schmeckt irgendwie komisch«, bemerkt Ronda.

»Ist wahrscheinlich zu wenig Blut drin«, lacht Sandra.

Nun lacht auch Ronda wieder und Sandra nähert sich mit ihren Lippen Rondas Hals um sie zu küssen.

»Ich liebe dich, Ronda, und ich will dein Blut trinken«, flüstert Sandra in Rondas Ohr.

»Du bist verrückt, Sandra«, entgegnet Ronda und streichelt Sandra durchs Haar.

»Heute«, sagt Sandra.

»Was heute?«

»Heute trinke ich dein Blut.«

Ronda schiebt Sandras Kopf von ihrem Hals.

»Lass uns mal das Thema wechseln, bitte.«

Nun streichelt Sandra über Rondas Wange und lacht.

»Doch, meine süße Ronda, heute trinke ich dein Blut und ich werde davon geil werden. Versuche doch einmal aufzustehen.«

Ronda ist verwirrt und will sich von dem Sofa erheben, doch sie kann ihre Beine nicht bewegen.

»Was zum Teufel?«, sagt sie erschrocken.

Sandra hält ihren Finger auf Rondas Mund und setzt sich aufrecht, um sich ihrem Ohr zu nähern.

»Eine Droge, Ronda. Du hattest eine Droge in deinem Getränk. Diese Droge wird deine Muskeln lähmen, du kannst dich also bald gar nicht mehr bewegen.«

»San ... Sandd ... San…« Ronda bekommt kein Wort mehr aus ihrem Mund und sitzt völlig bewegungslos auf dem Sofa.

»Siehst du, ich habe es dir doch gesagt«, lacht Sandra. »Ach so, um noch einmal auf das Bett zurückzukommen, das wird heute dein Bett sein, du wirst später nackt auf dieses Bett gelegt und mit dem Stacheldraht darauf fixiert.«

Sandra schaut in Rondas Augen.

»Ich weiß, dass du mich hörst.«

Ronda schaut in Sandras Augen, doch kann sie weder reden noch sonst irgendetwas, da fast alle Muskeln in ihrem Körper gelähmt sind.

»Wenn du dann gespreizt auf dem Bett liegst, werden dich viele von den hier anwesenden Frauen verwöhnen, dass wird ein geiles Erlebnis für dich werden, denn sobald du auf dem Bett fixiert bist, werden wir abwarten, bis die Wirkung der Droge nachgelassen hat. Dann werden wir dir einen Liter Blut aus deiner Ader entnehmen und dieses über deinen Körper gießen. Da wir alle Bluttrinker sind, werden wir gierig deinen Körper sauberlecken und dabei mehrere Orgasmen erfahren.«

Ronda sieht, dass Sandra ihre Hand hebt und es kommen drei weitere Gruftieladys hinzu und beginnen damit, Ronda zu entkleiden. Als sie völlig nackt ist, tragen sie Ronda zu dem riesigen Bett und legen sie mit dem Rücken genau in der Mitte des Bettes ab. Rondas Arme und Beine werden weit gespreizt und ihre Hand- und Fußgelenke mit den Stacheldrähten, die sich an den Bettpfosten befinden, umwickelt. Rondas Kopf liegt auf der Seite und sie sieht, wie sich die Stacheln des Drahtes in ihr Hand- und Fußgelenk bohren. Ihr Blut tropft auf das mit Latex bezogene Bett und Ronda sieht, wie einige Frauen gierig die Tropfen auflecken. Sie sieht auch, dass sich die Hausherrin neben sie setzt und ihr eine Kanüle in die Armvene schiebt. Als die Kanüle in Rondas Ader sitzt, verbindet Cyntia diese mit einem Schlauch und einen Beutel. Cyntia dreht an der Kanüle und Ronda sieht, wie sich der Verbindungsschlauch zum Beutel langsam mit ihrem Blut füllt.

Nun beugt sich Sandra über Rondas gefesselten Körper. »Hab keine Angst, meine geliebte Ronda, dir wird nichts geschehen, ich liebe dich doch.«

Ronda spürt, wie viele Hände ihren Körper streicheln und immer wieder sieht sie neue Gesichter, die ihr das Blut von den Gelenken lecken. Sie sieht, wie sich der Beutel, der mit ihrer Ader verbunden ist, langsam mit ihrem Blut füllt. Nun beugt sich Cyntia zu ihr herunter.

»Das gibt ein geiles Festmahl. Danke, Ronda!«

Mit einem Lächeln im Gesicht lässt Cyntia ihre Finger über Rondas Lippen gleiten und schaut sich das Treiben der anderen Frauen an.

»Einen halben Liter frisches Blut haben wir schon«, schreit sie in die Runde. Die anderen Frauen klatschen und geben Jubelschreie von sich. Nach einer Stunde ist der Beutel komplett mit Rondas Blut gefüllt und ihr wird die Kanüle aus der Vene entfernt. Auch Rondas Betäubung lässt nun langsam nach und sie spürt den Schmerz an ihren Hand und Fußgelenken, in denen

sich der Stacheldraht gebohrt hat. Sie hebt ihren Kopf und sieht, wie die Frauen um ihre Gelenke liegen und jeden Tropfen ihres Blutes in sich hineinsaugen.

»Was...Sandra...was?«

Immer noch leicht benebelt sucht sie mit ihren Augen nach Sandra und kurz darauf ist Sandra auch schon bei ihr.

»Deine Betäubung lässt nach, das ist schön, du wirst gleich einige multiple Orgasmen erleben, meine Liebe, habe keine Angst.«

Ronda beobachtet, wie sich alle Frauen entkleiden und sie erblickt Cyntia, die den Beutel mit ihrem Blut in den Händen hält. Alle entfernen sich von dem großen Bett. Cyntia hat sich auch komplett entkleidet und steigt nun, mit dem Blutbeutel bewaffnet, auf das Bett und leert den gesamten Inhalt des Beutels über Rondas Körper. Rondas Körper ist komplett mit Blut verschmiert und sie bekommt Angst. Sie ist wieder völlig bei Sinnen und schaut sich mit weit aufgerissenen Augen um.

Cyntia reckt den Beutel in die Höhe. »Die Party ist eröffnet«, schreit sie in den Raum.

Alle Frauen begeben sich aufs Bett und beginnen gierig, Rondas Körper zu lecken. Alle sind wie von Sinnen und lecken Ronda und befummeln sich. Ronda liegt immer noch gespreizt und wird von vielen Zungen am ganzen Körper verwöhnt. Sie will etwas sagen, doch jedes Mal, wenn sie den Mund öffnet, bekommt sie eine andere Vagina auf ihren Mund gepresst. Ronda lässt immer wieder seufzend ihre Zunge kreisen um die immer wieder auf ihren Mund sitzenden Vaginen zufrieden zu stellen. Ronda zerrt an den Stacheldrähten, die sie weiterhin gefangen halten. Auch sie erlebt einen Orgasmus nach dem anderen. Durch das große Zimmer hallt ein lautes gemeinsames Stöhnen und Seufzen.

Jeder befriedigt jeden und Ronda wird weiterhin am ganzen Körper geleckt. Ronda wird fast ohnmächtig bei den Gefühlen, die ihr bereitet werden. Nach zwei Stunden ist die Orgie vorbei. Alle Frauen sind fix und fertig und Rondas Körper ist wieder gereinigt. Nicht ein Blutfleck ist mehr zu sehen. Gierig haben die fremden Zungen ihren Körper gereinigt. Endlich erblickt sie Sandra.

»Mach mich los, Sandra! Entferne endlich den Stacheldraht von meinen Gelenken, ich habe starke Schmerzen.«

Sandra drückt ihre Lippen feste auf Rondas Mund.

»Gleich, sag mir erst, wie es dir gefallen hat.«

»Ich weiß nicht, aber ihr seid doch total verrückt.«

Grinsend wendet sich Sandra von ihr ab und erscheint wenig später mit einem gefüllten Glas. Sie hebt Rondas Kopf an und hält ihr das Glas vor den Mund.

»Nun trinke erst einmal etwas, damit du wieder zu Kräften kommst.«

»Ich will nichts trinken, du sollst mich los machen, Sandra!«

Sandra drückt mit ihrem Zeigefinger gegen Rondas Wange, so dass sie den Mund aufmachen muss.

»Du wirst jetzt trinken, das Getränk wird deine Schmerzen lindern und dich wieder eine Weile betäuben!«

Langsam leert Sandra den Inhalt des Glases in Rondas Mund. Ronda hat dem nichts entgegen zu setzen und muss schlucken.

»Warum tust du mir das an, Sandra?«

»Beruhige dich Ronda, ich werde dir nun den Stacheldraht entfernen und dann fahren wir auch bald nach Hause.«

Ronda sieht wie der Stacheldraht von ihren Gelenken entfernt wird und ihre Augen schließen sich, da das Betäubungsmittel seine Wirkung zeigt.

Als Ronda ihre Augen öffnet, liegt sie in ihrem Bett. Langsam kommt sie zu sich und schaut auf ihre verbundenen Hand- und Fußgelenke. Sie ist völlig entkleidet und ist entsetzt, dass sie nicht geträumt hat. Als sie sich aufrichten will, bemerkt sie, dass ihr Hals an einen Eisenstab des Bettes festgekettet ist.

»Was?«

Ronda bekommt Panik.

»Sandra?«, ruft sie. »Sandra!«

Es kommt niemand. Ronda findet kein Gefallen an ihrer misslichen Situation.

»Sandraaaa!«, schreit sie immer wieder, doch es lässt sich niemand blicken.

»Was hat das verrückte Gruftieweib nun mit mir vor?«, fragt sie sich.

Einige Zeit später hört sie, wie die Haustüre aufgeschlossen wird. Gespannt schaut Ronda zur verschlossenen Schlafzimmertüre, doch sie wird nicht geöffnet.

»Sandra?«

Ein Hauch von Angst ist Rondas Stimme zu entnehmen.

»Sandra, bist du es?«

Keiner antwortet. Ronda hört Schritte im Haus und bekommt Angst. Sie ist an ihrem Bett gekettet und weiß nicht, wer sich in ihrem Haus herumtreibt. Es dauert eine Weile und endlich wird die Schlafzimmertüre geöffnet. Ronda ist erfreut und wütend zugleich, als sie Sandra erblickt. Sie ist splitternackt und hat ein Glas mit Wasser in der Hand.

»Sandra, was soll das, warum bin ich angekettet?«

Sandra reicht ihr das Glas Wasser und setzt sich auf die Bettkante. Zärtlich streichelt sie Ronda über die nackte Schulter.

»Trinke etwas, du musst einen Höllendurst haben, du warst drei Tage bewusstlos. Die Kette ist nur zu deinem Schutz, da bei jedem das Betäubungsmittel anders wirkt.«

»Dann entferne die Kette jetzt, ich fühle mich nicht wohl, wenn ich angekettet bin.«

Sandra fängt an zu lachen.

»Warum? Als du mit dem Stacheldraht auf der Party gefesselt warst, hat es dir doch auch ganz gut gefallen.«

»Erzähle keinen Blödsinn! Mach mich los, Sandra!«

»Später, meine geliebte Ronda.«

»Während du betäubt warst, hast du ja eine Menge von dir preisgegeben.«

Ronda leert zügig das Wasserglas.

»Was habe ich preisgegeben?«, fragt Ronda interessiert.

»Wie schon gesagt, bei jedem wirkt das Mittel, welches dir verabreicht wurde, anders.«

Rondas Kopf arbeitet wie verrückt. Was hat sie Sandra alles erzählt. Oder spinnt sie sich nur etwas zusammen?

Sandra holt noch ein Glas Wasser und reicht es Ronda, die es in einem Zug leert.

»Was soll ich denn gesagt haben?«, fragt sie neugierig.

»Eine Menge, meine Geliebte.«

»Ich bin nicht deine Geliebte, Sandra!«

»Oh doch, von nun an bist du meine Geliebte, ich bin auch schon bei dir eingezogen.«

»Hä? Ich verstehe nur Bahnhof, also was soll das, Sandra?«

»Während du schön gequasselt hast, während du betäubt warst, habe ich dich mit meinem Handy aufgenommen«, freut sich Sandra und reibt sich dabei die Hände.

»Das will ich sehen«, sagt Ronda ungläubig.

»Das geht leider nicht, ich habe es daraufhin in einen versiegelten Umschlag gepackt und in einem Schließfach hinterlegt und den Schlüssel meiner Mutter gegeben.«

»Ich verstehe gar nichts mehr, befreie mich endlich von der Kette!«

»Sei still, die Kette bleibt erst einmal um deinen Hals. Wenn meine Mutter einmal eine Woche nichts von mir hören sollte, habe ich sie beauftragt, den Schlüssel für das Schließfach der Polizei zu übergeben.«

»Was soll ich denn gesagt haben, es ist doch alles Blödsinn, ich war doch im Rausch!«

Wieder streichelt Sandra Rondas nackten Körper und lacht.

»Soll ich dir einige Stichwörter geben? Was hältst du denn von begrabenen Opfern hinter deinem Haus, oder begrabenen Opfern in deiner Scheune, oder deinem Vater, der dich immer misshandelt und vergewaltigt hat? Was hältst du denn von deinem Buch, welches du gerade schreibst, wo drin steht, wie jedes Opfer gelitten hat? Was hältst du denn von der netten Barbara, die du in deinem Schlachterraum gefangen hältst?«

Ronda wird kreidebleich und muss schlucken. Schweißtropfen rinnen von ihrer Stirn. Wieder streichelt Sandra über Rondas Körper und genießt ihren ängstlichen Gesichtsausdruck.

»Oder was hältst du von dem unterirdischen Heizöltank in deiner Scheune?«

»Hör auf damit, Sandra, was willst du denn?«

»DICH RONDA! Ab sofort sind wir ein Liebespaar, ab sofort wirst du mir einmal in der Woche dein Blut geben, ab sofort gehörst du MIR, oder verbringst den Rest deines Lebens im Knast!«

Ronda schüttelt den Kopf und fängt an zu weinen.

»Ok, du hast gewonnen, Sandra«, flüstert Ronda.

Sandra wischt Ronda die Tränen aus dem Gesicht und schaut sie mitleidsvoll an.

»Liebst du mich, Ronda?«

Ronda nickt.

»Sag es!«, fordert Sandra.

»Ich liebe dich, Sandra«, erwidert Ronda und wird in den Arm genommen.

»Das ist gut, meine Süße, ich habe auch einige Beweise verschwinden lassen, die dich belasten könnten.«

»Welche denn?«

»Die kleine Babsi aus deinem Schlachterraum liegt nun auch schön verpackt in dem unterirdischen Heizöltank und dein Buch habe ich auf deinem Notebook gelöscht, alles andere

wissen ja nur wir zwei und mein Handy. Mein Handy mit den Aufzeichnungen von deinem Gerede dient ja nur meinem Schutz, damit du nicht auf krumme Gedanken kommst, unsere Liebe soll ja nie vergehen.«

Sandra erhebt sich und holt einen Schlüssel aus dem Schrank. Sie entfernt die Kette von Rondas Hals und küsst sie leidenschaftlich auf den Mund.

»Ich will jetzt Sex mit dir, also streng dich an!«

Ronda gehorcht und begibt sich mit ihrem Kopf zu Sandras Muschi und beide beginnen damit, sich leidenschaftlich zu lecken. Nach einer halben Stunde liegen beide entspannt nebeneinander auf dem Bett und streicheln gegenseitig ihre Körper.

»Ach, und noch etwas Ronda. Ab sofort wird es keine Opfer mehr geben und ab sofort wirst du dich wie ein Gruftieweib kleiden und schminken!«

Ronda nickt demütig und Sandra grinst sie an.

»Und jeden Freitag findet eine Blutorgie in deinem Bett statt, wie wir es auf der Party erlebt haben, allerdings mit deinem Blut, dass macht mich total geil. Und nur wir zwei. Wenn du immer schön artig bist, machen wir es auch mal mit meinem Blut, aber erst wenn du verrückt danach bist.«

Ronda legt ihren Kopf auf Sandras Bauch. Sie überlegt, wie sie aus der ganzen Nummer wieder herauskommen soll, doch sie weiß, dass Sandra sie völlig in der Hand hat. Ronda muss sich fügen und erst einmal alles machen, was Sandra von ihr verlangt, egal was es ist.

Am frühen Morgen erwacht Ronda und sie liegt alleine im Bett. Sie zieht sich ihren Morgenmantel über und geht in die Küche, wo Sandra gerade völlig entkleidet den Frühstückstisch deckt.

»Guten Morgen, Sandra.«

»Guten Morgen, Ronda. Den Morgenmantel kannst du direkt wieder weghängen!«

»Wie bitte?«, fragt Ronda verdutzt.

»Ich will dich nackt sehen, ich liebe deinen Körper!«

Ohne ein Wort geht Ronda wieder ins Schlafzimmer und kommt nackt zurück. Sie setzt sich an den gedeckten Tisch und beobachtet Sandra.

»Miststück«, zischt Ronda.

»Sei lieb«, antwortet Sandra und ihr Gesichtsausdruck wirkt streng. Ronda zieht es nun doch vor, ihren Mund zu halten. Sandra hebt ihre Kaffeetasse und schaut Ronda an.

»Hast du Bargeld?«

Ronda nickt.

»Wie viel?«

»Knapp dreihundert Euro und zwei Kreditkarten.«

Sandra nickt und beginnt zu lächeln.

»Das ist gut, du hast nämlich heute einen Termin!«

Sandra schiebt eine Visitenkarte über den Küchentisch und Ronda liest.

»Was soll ich denn beim Friseur?«

»Deine schönen blonden Haare passen nicht zu einem Gruftiegirl, die werden schwarz gefärbt, um zehn Uhr hast du bei der Friseurin einen Termin, habe den schon klar gemacht.«

»Das mache ich nicht, meine Haare bleiben blond!«, meckert Ronda und Sandras Gesicht verfinstert sich.

»Gut, dann werden wir unsere Liebesbeziehung beenden, ich ziehe morgen wieder aus, gehe an mein Schließfach und dann zur Polizei.«

Ronda wirkt erschrocken, ihre Hände fangen an zu schwitzen und sie lenkt schnell ein.

»Na gut, Sandra, wenn du es unbedingt möchtest, lasse ich mein Haar schwarz färben.«

Nun lacht Sandra wieder freundlich und ist zufrieden.

»Super, ich liebe dich, Ronda.«

»Ich dich auch, Sandra«, erwidert Ronda widerwillig.

»Du bist doch sicherlich so lieb und gibst mir auch gleich eine deiner Kreditkarten?«

Ronda nickt, ohne ihre Miene zu verziehen.

»Während du beim Friseur bist, werde ich dir einige vernünftige Klamotten kaufen, dann siehst du immer geil aus.«

Nach dem Frühstück holt Ronda ihre Geldbörse und legt eine Kreditkarte auf den Tisch. Sie geht ins Schlafzimmer und zieht sich an. Als sie angezogen ist, geht sie wieder in die Küche und steckt sich die Visitenkarte in die Tasche. Sandra schaut sich Ronda interessiert an.

»Kleide dich schwarz, und ziehe keine Unterwäsche an!«

»Aber..., ich habe nichts komplett Schwarzes«

Ronda gibt ihr einen freundschaftlichen Klapps auf dem Po.

»Ach, und was hattest du auf der Party an?«

»Aber..., das kann ich doch nicht am helllichten Tag anziehen und dann auch noch ohne Unterwäsche!«

»Doch, kannst du und schminke anschließend dein Gesicht schön blass!«

Schmollend verzieht sich Ronda wieder ins Schlafzimmer und entledigt sich ihrer Klamotten. Wütend schmeißt sie ihre Unterwäsche in den Schrank und zieht sich ihr schwarzes Seidenkleid, schwarze Strapse und High Heels an. Sie zieht sich noch ein Paar schwarze Seidenhandschuhe an, damit man die Verbände an ihren Handgelenken nicht sieht. Ronda geht ins Bad und schminkt sich blass und trägt wieder ihren roten Lippenstift auf. Wütend stampft sie in die Küche.

»Recht so?«

»Ja, sehr hübsch, du bist schön, wie auf der Party. Und nun ab zum Friseur, ich freue mich schon, wenn dein Haar schwarz ist. Du brauchst dich auch nicht zu schämen, die Friseurin ist auch eine Gothiklady und war auch auf der Party, ich wünsche dir viel Spaß.«

Ronda nimmt ihre Geldbörse, die Visitenkarte und stampft zur Haustüre. Wütend zieht sie die Türe hinter sich zu und macht sich auf den Weg zur Friseurin. Sandra reibt sich grinsend die Hände und kleidet sich auch an. Sie schnappt sich die Kreditkarte und verlässt ebenfalls das Haus um auf Shopping Tour zu gehen.

Einige Stunden sind vergangen und Ronda schließt die Haustüre auf. Ihre langen Haare sind nun pechschwarz gefärbt und sie fühlt sich unwohl, in ihrem neuen Outfit. Sie geht in die Küche und sieht, dass Sandra mal wieder völlig entkleidet, einen Kaffee trinkt. Als sie Ronda sieht, weiten sich ihre Augen.

»Wow, du siehst ja geil aus, steht dir super, die schwarzen Haare.«

»Mir gefällt es aber nicht«, erwidert Ronda.

»Ach was, du wirst dich schon daran gewöhnen und nun zieh dich aus und komm Kaffee trinken, der ist ganz frisch, ich bin auch gerade erst wieder zur Türe rein.«

Ronda wendet sich von Sandra ab und geht ins Schlafzimmer, wo sie sich auszieht. Als sie ihr Kleid in den Schrank hängt, sieht sie, dass all ihre alten Klamotten verschwunden sind. Im Schrank hängen nur noch schwarze Kleider. Sie schiebt die Kleider von links nach rechts, um sie zu begutachten. Alle Kleider sind aus Satin, Seide, Samt, Lack und Leder. Sie zieht die Schublade auf, in der sich ihre Unterwäsche befindet. LEER! Ihre komplette Unterwäsche ist fort, stattdessen liegen dort nun schwarze Handschuhe, schwarze Nylons und schwarze Strapse. Sie öffnet ihren Schuhschrank und erblickt Lack und Lederstiefel, Lack und Leder High Heels, alles mit so hohen Absätzen, wie sie es noch nie gesehen hat. All ihre alten Sachen sind verschwunden.

»Miststück«, flucht Ronda und geht wütend in die Küche.

»Was hast du mit meinen Sachen gemacht und wo ist meine Unterwäsche abgeblieben?«, maul sie.

»Alles entsorgt, meine Süße, jetzt hast du richtig geile Klamotten und Unterwäsche trägst du nicht mehr, mich törnt es an, wenn du unter deinen neuen Kleidern nackt bist.«

»Du spinnst doch!«

»Wie bitte?«

»Nichts«, mault Ronda weiter. »Und all meine Schuhe, wo sind die?«

»Auch entsorgt, ich habe dir doch hübsche neue gekauft.«

»Da kann doch keiner drauf laufen, alle Schuhe und Stiefel haben mindesten fünfzehn Zentimeter hohe Absätze!«

»Dreiundzwanzig!«

»Was?«, flucht Ronda.

»Alle Schuhe und Stiefel haben dreiundzwanzig Zentimeter hohe Absätze«

»Mensch, Sandra, da bricht man sich ja die Beine.«

»Ach, das geht alles, man muss nur ein wenig üben, zieh dir ein hübsches Paar Stiefel an! Du fängst ab sofort mit dem Üben an!«

Ronda setzt sich auf einen Stuhl und lässt ihren Kopf hängen. Sandra bemerkt, dass Ronda traurig ist und kniet sich vor sie hin. Vorsichtig spreizt sie Rondas Beine und küsst zärtlich Rondas Vagina.

»Ich werde dich etwas trösten.«

Sandra lässt ihre Zunge in Rondas Muschi gleiten und kurz darauf stöhnt Ronda auch schon. Schnell hat Ronda einen Orgasmus und Sandra stellt sich vor Ronda.

»Nun besorg du es mir, mein Schatz.«

Ronda besorgt es Sandra nun auch, als sie fertig ist, kniet sich Sandra wieder vor Ronda.

»Und? Geht es dir besser?«

Ronda nickt traurig, ohne Sandra anzusehen.

»Gut, dann geh jetzt ins Schlafzimmer und zieh dir ein Paar Stiefel an.«

Wortlos erhebt sich Ronda, geht ins Schlafzimmer und kommt mit hochhackigen Lederstiefeln bekleidet wieder in die Küche.

Sandra klopft mit ihrer flachen Hand auf den neben ihr stehenden Stuhl.

»Sieht tierisch geil aus, komm setzt dich zu mir!«

Ronda setzt sich mit schmerzverzerrtem Gesicht.

»Meine Füße schmerzen«, jammert sie.

»Das ist normal, aber die werden sich schon mit der Zeit daran gewöhnen, meine Liebste. Wie war es überhaupt beim Friseur, hat sie dich befummelt?«

Ronda nickt.

»Und dir einen Orgasmus verschafft?«

Wieder nickt Ronda.

»Hihi, diese geile Lesbe, ich wusste es«, lacht Sandra.

Sandra lässt ihre Hand wieder zwischen Rondas Beine gleiten und klopft ihr leicht auf die Muschi.

»Die werden wir auch noch verschönern, du hast morgen wieder einen Termin, bei einem Vamp von der Party!«

»Was denn nun wieder, Sandra?«

Nun streichelt Sandra durch Rondas Gesicht.

»Du bekommst einige Piercings, wie ich sie auch habe.«

Ronda wird kreideweiß.

»Das will ich nicht, ich will nicht so zugetackert herumlaufen.«

Sandra lacht laut los.

»Dann beende unsere Beziehung und du bist frei.«

Eine Weile ist es totenstill in der Küche.

»Willst du dich von mir trennen, Ronda?«

»Nein«, erwidert sie schnell.

»Gut, dann hast du morgen einen Termin und deine Muschi, deine Lippe, deine Ohren und deine Nase wird gepierct!«

»So viel?«, fragt Ronda ungläubig.

»Ja, genau so viel wie bei mir!«

»Warum machst du das mit mir, Sandra?«

»Weil ich dich so wahnsinnig geil finde, du wirst der heißeste Vamp sein, der herumläuft und du wirst mein sein, das törnt mich total an.«

»Aber du übertreibst es, hast du denn gar kein Mitleid mit mir?«

»Mitleid?«, lacht Sandra. »Mit einer Mörderin, die so viele Menschen auf dem Gewissen hat? Ronda, ich bitte dich! Hattest du Mitleid mit einem deiner Opfer?«

Ronda senkt ihren Blick zu Boden. »Nein.«

»Dann sieh endlich ein, dass du mir gehörst, ich meine es nur gut mit dir, ich bringe dich ja schließlich nicht um.«

»Aber wie lange willst du dieses Spielchen mit mir spielen?«

»Na immer, wir sind und bleiben ein Paar, bis der Tod oder der Knast uns scheidet«, antwortet Sandra bestimmt.

Ronda verzieht ihr Gesicht, sie weiß, dass sie Sandra vollkommen ausgeliefert ist und sieht keine Möglichkeit, dies zu ändern.

»Meine Liebste, du hast doch sicherlich nichts dagegen, wenn ich deine Kreditkarte behalte, ich muss ja des Öfteren einige Dinge für dich besorgen?«

»Behalte sie nur«, schmollt Ronda. »Meine Füße schmerzen, ich muss die Stiefel ausziehen«

»Nein!«

Aber ich bekomme Krämpfe in den Füßen, Sandra.«

»Dann beweg dich, damit sich deine Füße daran gewöhnen, gehe durchs Haus und auch die

Treppe mehrmals hoch und runter, hopp hopp jetzt!«

Langsam erhebt sich Ronda und wackelt auf ihren hohen Stiefeln aus der Küche.

»Und bleibe nicht stehen, ich will deine Absätze hören, meine Liebe!«

Langsam neigt sich der Tag dem Ende entgegen und Ronda durfte nach dreistündigem Üben ihre Stiefel wieder ausziehen.

Sandra und Ronda sitzen in der Küche und Ronda bekommt ihre Füße massiert.

»Siehst du, in einigen Tagen läufst du in den Stiefeln, als hättest du nie etwas anderes getragen.« Nach Abschluss der Fußmassage küsst Sandra liebevoll Rondas Füße.

»Nun komm, es wird Zeit, wir gehen ins Bett, morgen müssen wir früh aus den Federn, du weißt ja, du hast einen Termin.«

Am frühen Morgen werden beide wach. Nach einigen Liebkosungen entfernt Sandra die Verbände von Rondas Handgelenken und freut sich, dass die Wunden von dem Stacheldraht völlig verheilt sind.

»Schau dir deine Gelenke an, als wäre nie etwas gewesen.«

Auch Ronda ist erfreut, dass alles gut verheilt ist.

»Es wird nicht mehr passieren, wenn wir zur Gruftieparty gehen, dass du auf dem großen Bett fixiert wirst, jeder ist nur einmal das Opfer.«

»Sag bitte nicht, dass wir noch einmal auf solch eine verrückte Party gehen.«

»Oh doch, meine Ronda, einmal im Monat, aber von nun an darfst du an den Orgien teilnehmen und auch das Blut von den Opfern lecken, es wird dir gefallen.«

Ronda verzieht ihr Gesicht und setzt sich auf die Bettkante.

»Da wir gerade beim Blut sind, du musst mit dem Taxi zu deinem Termin fahren, ich muss mich heute bei meiner Mutter melden und zu Cyntia, einige Kanülen und Blutbeutel besorgen, denn

morgen ist Freitag und dann feiern wir zwei unsere erste private Orgie.«

»Das ist nicht dein Ernst, oder?«, fragt Ronda entsetzt.

»Doch, Ronda, ich habe es dir doch gesagt und nun geh duschen und komme wieder, damit wir dich ankleiden können!«

Ronda erhebt sich und erscheint eine dreiviertel Stunde später wieder im Schlafzimmer. Sandra stellt sich neben sie und klopft mit ihrer flachen Hand auf Rondas glattrasierte Muschi.

»Das ändern wir auch noch.«

»Was?«

»Später, nun zieh die Klamotten an, die ich aufs Bett gelegt habe!«

Ronda sieht ein weitgeschnittenes, schwarzes Lackkleid und ein Paar Lackstiefel, welche wieder einen wahnsinnigen hohen Absatz haben.

»Aber ... ich kann doch nicht darauf laufen, Sandra.«

»Du musst, alle Schuhe und Stiefel, die du hast, haben doch den gleichen Absatz.«

»Da gehe ich lieber barfuß«, flucht Ronda.

Sandra streichelt Ronda durchs Haar und antwortet mit einer ruhigen Stimme.

»Lass uns nicht immer diskutieren, Ronda, mache einfach das, was ich dir sage!«

Geknickt zieht Ronda sich das Lackkleid und die Lackstiefel an und schaut ungläubig in den Spiegel, während Sandra grinsend den von Lack überzogenen Po streichelt.

»Du siehst so geil aus, meine Süße.«

»Sandra, ich kann doch so nicht mit dem Taxi zu dem Termin fahren, so errege ich die gesamte Öffentlichkeit.«

»Nur den Taxifahrer und die Piercerin, Ronda.«

»Der Taxifahrer wird etwas nervös, aber es ist ja früh am Morgen und die Piercerin ist auch ein Vamp und sie war auch auf der Party, also alles halb so wild, nun geh ins Bad und schminke dich, wie es sich für einen Gruftie gehört!«

Wortlos verschwindet Ronda wieder ins Bad und erscheint wenig später wieder in der Küche.

»Perfekt«, bemerkt Sandra.

Sandra reicht Ronda wieder eine Visitenkarte und bestellt ein Taxi. Nachdem Ronda das Haus verlassen hat, macht sich auch Sandra fertig, um zu Cyntia zu fahren.

Als Sandra an Cyntias Türe läutet, dauert es nicht lange, bis sich die Pforte öffnet und Cyntia Sandra hinein bittet. Wie auf der Party brennen überall Kerzen, jedoch sind keine Gäste im Haus.

»Cyntia, ich bräuchte einige Kanülen, Schläuche und Blutbeutel, hast du welche da?«

Cyntia grinst Sandra zu und macht einen erfreuten Eindruck.

»Für deine Geliebte?«

Sandra nickt und grinst nun ebenfalls.

»Seid ihr nun ein Paar?«

»Ja, endlich und ich bin so froh, du wirst sie bei der nächsten Party sehen und begeistert sein, sie ist nun ein wunderhübscher Vamp und ich liebe sie.«

»Das freut mich für dich, Sandra.«

»Erwidert Ronda deine Liebe?«

»Und wie«, freut sich Sandra.

Cyntia geht zu einem Schrank, holt eine Tüte heraus und übergibt sie Sandra.

»Hier ist alles drin was du benötigst, alles in zehnfacher Ausführung, dass reicht für einige Wochen.«

Sandra schaut in die ihr übergebene Tüte und ihre Augen weiten sich.

»Klasse, Cyntia, vielen Dank!«

Cyntia nickt ihr freundlich zu.

»Cyntia, kann ich dir Ronda nächste Woche vorbeischicken, damit du ihre Maße nehmen kannst?«

»Natürlich.«

»Hast du einen Katalog, über die Utensilien, die du herstellst?«

Cyntia nickt und reicht Sandra einen kleinen Katalog. Nach kurzer Zeit hat Sandra zwei Bestellnummern notiert und überreicht Cyntia den Zettel.

»Eine gute Wahl«, lacht Cyntia. »Wie ich sehe, willst du nicht teilen«, lacht sie.

»Doch, Cyntia, aber nur auf den Partys, ansonsten gehört Ronda zu mir.«

»Ok, dann schick sie mir nächste Woche und ich werde ihre Maße nehmen, eine Woche später kannst du dann die Teile abholen.«

»Danke, Cyntia, bis in zwei Wochen dann.«

Beide küssen sich auf die Wange und verabschieden sich.

Auf dem Nachhauseweg hält Sandra noch kurz an einem Gothik-Shop und kauft ein großes

Gummilaken und fährt anschließend zu Rondas Haus. Dort angekommen, verstaut sie ihre gerade erworbenen Utensilien im Schlafzimmerschrank und macht es sich wieder völlig entkleidet in der Küche bequem.

Da von Ronda noch nichts zu sehen ist, beschließt sie, es sich in Ruhe zu besorgen. Stöhnend lässt sie ihren Fantasien freien Lauf und stöhnt nach einer Weile lautseufzend auf.

»Oh, Ronda, meine Geliebte, unser Leben wird ja so geil werden«, schreit sie laut heraus.

Zwei Stunden später hört Sandra, wie ein Taxi vor dem Haus hält. Wenig später steht Ronda mit schmerzverzerrtem Gesicht in der Küche.

»Meine Ronda«, freut sich Sandra. »Na, wie war es?«

»Beschissen, ich habe Schmerzen, überall«, flucht Ronda.

»Das vergeht wieder, aber hat die Piercerin es dir auch besorgt?«

»Besorgt ist gut, ich war nicht ganz die Türe rein, da hing sie mit ihrem Kopf unter meinem Kleid.«

»Das kann ich verstehen, so scharf wie du aussiehst, aber allmählich ärgert es mich, dass alle auf dich scharf sind, du gehörst schließlich mir!«

»Bist du wütend?«

»Ein wenig, aber ich weiß ja, dass sie dich anbaggern, sind halt alles geile Lesben.«

»Ich dachte, du willst, dass ich es zulassen soll, wenn sie Sex haben wollen?«

»Ja, dass sollst du ja auch, aber das wird geändert.«

»Es ist nicht deine Schuld, Ronda, jedes Weib von der Party hat das Recht, mit jedem Weib, das auf der Party war, herumzumachen, das ist unser Gesetz. Es gibt nur eine Möglichkeit, dies zu verhindern.«

»Und die wäre?«, fragt Ronda neugierig.

»Das wirst du schon noch erfahren.«

»Dein Gesicht gefällt mir, Ronda, da hat jemand tolle Arbeit geleistet. Dein Lippen und Nasenring sehen erotisch aus und die Steinchen in deinen Ohren gefallen mir auch sehr gut, nun zieh dich aus, ich will deinen gesamten Körper begutachten!«

Ronda verschwindet ins Schlafzimmer, um sich zu entkleiden. Froh ist sie, als sie ihre Stiefel aushat, da ihre Füße mal wieder sehr schmerzen. Als sie auch das Kleid ausgezogen hat, verstaut sie wieder alles im Schrank und sieht das Gummilaken und die Tüte. Sie schaut in die Tüte und sieht die Kanülen und die Beutel. Nun weiß sie, dass es Sandra ernst meint, mit ihrem Blut. Ronda stellt sich vor den Spiegel und betrachtet sich. Durch beide Brustwarzen und durch ihre Schamlippen hat die Piercerin kleine Metallringe angebracht. An ihrem Bauchnabel blinkt ein kleines Steinchen. Ihre Brustwarzen und ihre Schamlippen sind dick geschwollen und schmerzen. Langsam geht Ronda wieder in die Küche.

»Ich bin begeistert, mein Schatz, du siehst sexy aus.«

»Aber es schmerzt stark«, jammert Ronda.

»Ach, der Wundschmerz vergeht schnell, meine Liebe, nun komm zu mir und leck mich!«

Sandra dreht ihre Vulva in Rondas Richtung und spreizt ihre Beine. Ronda hockt sich zwischen Sandras Knie und befriedigt sie mit ihrer Zunge. Als Sandra kommt, presst sie Rondas Kopf feste gegen ihre Vagina und ist zufrieden.

»Das war gut Ronda, ich freue mich schon auf morgen, wenn ich dein Blut bekomme.«

»Was hast du davon, Sandra?«

»Es ist eine Gier, das verstehst du noch nicht, aber auch du wirst eines Tages gierig nach meinem Blut sein, glaube es mir, es ist wie eine Sucht.«

»Na, mich macht es nicht geil, anderer Leute Blut zu trinken.«

»Das wird noch kommen Ronda, das wird noch kommen. Hast du auch etwas empfunden, als du deine Opfer getötet hast?«

Ronda kehrt in sich ein und überlegt. Auch sie hatte etwas beim Morden empfunden. Es war

Hass und die Gier nach einem Orgasmus, während ihre Opfer aus dem Leben traten.

»Das war etwas anderes«, antwortet Ronda.

»Haha, nein, meine Liebe, es war nichts anderes, Gier bleibt Gier.«

Ronda senkt ihren Kopf zu Boden und lässt sich Sandras Worte noch einmal durch den Kopf gehen. Sie weiß, dass Sandra Recht hat, denn sie hatte aus Gier getötet. Die Gier nach geilen Sex.

Schnell wird Ronda aus ihren Gedanken gerissen.

»Nächste Woche hast du bei Cyntia einen Termin«, schmunzelt Sandra.

»Was denn nun wieder?«

»Lass dich überraschen, es ist nichts Schlimmes.«

»Nichts Schlimmes? Alles, was du bisher von mir verlangt hast, war schlimm«, ärgert sich Ronda.

»Was habe ich denn Schlimmes gemacht? Ich habe dich zum schönsten Vamp von uns allen gemacht. Jede meiner Freundinnen ist doch scharf auf dich, also sei froh, dass du wunderschön aussiehst!«

Sandra drückt ihre Hand auf Rondas geschwollene Schamlippen und Ronda schreit auf.

»Diese Piercings sind alles Lustverstärker, morgen sollte der Wundschmerz vorüber sein und dann wirst du sehen, wie geil sich das anfühlt.«

»Lass das, Sandra, du kannst mir nichts, du hast selber gemordet, ich spiele nicht mehr mit!«

»Du bist eine Mörderin, nicht ich«, lacht Sandra.

»Und was ist mit Barbara aus dem Schlachterraum?«

»Du hast sie doch getötet und in den Heizöltank geschmissen.«

»Da muss ich dich enttäuschen Ronda, sie war tot, als ich sie von dem Balken befreit habe, auch das habe ich mit meinem Handy aufgenommen.«

»Wieso sollte sie tot gewesen sein, bei mir lebte sie schließlich noch?«

»Keine Ahnung, nach der Party warst du drei Tage bewusstlos und ich habe sie, kurz bevor du aufgewacht bist, entdeckt, ich weiß ja nicht, wann sie das letzte Mal gegessen und getrunken hat, vielleicht ist sie verhungert oder verdurstet, ihr Herz stand auf jeden Fall still, ich habe sie nur von dem Balken entfernt, in einen Sack gepackt und in den Heizöltank geschmissen, mehr nicht.«

»Mist!«, ärgert sich Ronda.

»Aber ein Versuch war es wert, meine Süße, haha!«, freut sich Sandra und drückt wieder ihre Hand auf Rondas wunde Vagina. Ronda verkneift sich einen Schrei, will in ihr kleines Autorenzimmer gehen, da hält Sandra sie am Arm.

»Ronda, zieh dir die Stiefel wieder an, du weißt doch, Übung macht den Meister.«

Wütend zieht sich Ronda wieder die Stiefel an und zeigt sich wieder in der Küche.

»Zufrieden?«

»Ja, mein Liebling, und nun laufe, dass ich die Absätze höre, gehe durchs Haus und mache keine Pause!«

Nach drei Stunden stellt sich Sandra in den Flur und beobachtet Ronda bei ihrem Lauftraining.

»Super, Ronda, es klappt ja immer besser, es macht mich an, wenn ich sehe, wie dein Hintern beim Gehen herrlich wackelt. Nun zieh die Stiefel aus, wir gehen ins Bett, meine Süße!«

Bis zum Vormittag des nächsten Tages bleiben die beiden im Schlafzimmer. Als Ronda die Augen öffnet, sieht sie, dass Sandra sie beobachtet.

»Ich freue mich schon auf später, denn heute ist Freitag.«

Sandra küsst Rondas Körper.

»Ich werde schon ganz geil, wenn ich an dein Blut denke.«

»Muss das denn wirklich sein, Sandra?«

Sandra steht auf und geht zum Schlafzimmerschrank und holt Cyntias Tüte heraus.

»Ja, das muss es!«

»Ich werde dir jetzt schon das Blut abnehmen, dann brauchen wir später nicht zu warten.«

Sandra holt eine Kanüle aus der Tüte und entfernt die sterile Verpackung. Sie dreht Rondas Arm so, dass sie freien Blick auf ihre Armvene hat und schiebt die Kanüle hinein. Dann verbindet sie die Kanüle mit einem Schlauch und einem Blutbeutel und öffnet die Kanüle. Langsam tropft Rondas Blut durch den Schlauch und sie beobachtet ängstlich das Prozedere.

»Keine Angst, meine Liebe, ich entnehme nur einen halben Liter, ich will dich ja nicht umbringen. Aber ab nächsten Freitag werde ich dir immer einen Liter Blut entnehmen, auch da passiert dir nichts, dein Körper produziert sehr schnell neues Blut.«

Nach einer halben Stunde ist der Blutbeutel gefüllt und Sandra entfernt die Kanüle aus Rondas Arm. Gierig lässt sie ihre Zunge über den Blutbeutel gleiten und stöhnt dabei.

Ronda stellt fest, dass es Sandra tatsächlich erregt, ihr Blut in den Händen zu halten. Vorsichtig legt Sandra den gefüllten Beutel in den Schrank und wendet sich wieder Ronda zu.

»So, nun zieh deine Stiefelchen an und mach uns ein reichhaltiges Frühstück!«

»Aber....«

»Zieh sie an und gehe!«, sagt Sandra mit energischer Stimme.

Als Sandra die Küche betritt, ist der Tisch gedeckt und Ronda steht an der Spüle. Sandra geht zu ihr und begutachtet jedes Piercing an Rondas Körper.

»Sieht alles sehr gut aus, deine Muschi ist auch nicht mehr geschwollen.«

Wieder drückt sie mit ihrer flachen Hand feste gegen Rondas Vagina und zieht leicht an den Metallringen.

»Na, wie fühlt sich das an?«

»Es schmerzt noch ein wenig Sandra, lass es bitte.«

Sandra entfernt ihre Hand und setzt sich an den gedeckten Tisch, wobei sie Rondas Muschi genau im Blick behält.

»Bis heute Abend wird der Schmerz vergangen sein und dann wirst du deine Piercings genießen, ich freue mich schon auf unsere geile Nummer, du auch?«

Widerwillig nickt Ronda und setzt sich auch an den Tisch.

»Was machen deine Füße?«, fragt Sandra.

»Es geht, ich habe kaum noch Schmerzen.«

»Sag ich doch, aber du solltest deinen geilen Gang einmal im Spiegel anschauen, wenn du die Stiefel anhast, ich könnte dich anspringen, wenn ich dich gehen sehe.«

Ein Lächeln huscht durch Rondas Gesicht.

»Ach, Sandra, können wir nicht ganz normal zusammenleben?«

»Wir leben doch ganz normal zusammen, lass uns einfach das Leben gemeinsam so leben, wie es ist, denn das gefällt mir.«

Ronda hat verstanden und nickt Sandra mit einem gequälten Lächeln zu. Als Ronda am späten Nachmittag ihre Laufübung beendet, zieht Sandra sie ins Schlafzimmer.

»Nun darfst du deine Stiefel ausziehen, Ronda!«

Während Ronda sich aus den Stiefeln quält, entfernt Sandra das komplette Bettzeug vom Bett und schmeißt es auf dem Boden. Sie holt das Gummilaken aus dem Schrank und bezieht das Bett damit. Als sie fertig ist macht sie einen zufriedenen Eindruck.

»So wird nichts versaut und kein Blut verschwendet.«

Sie gibt Ronda einen Klapps auf den Po und holt den gefüllten Blutbeutel aus dem Schrank.

»Wirst du mich wieder mit Stacheldraht fesseln?«, fragt Ronda ängstlich.

»Nein, das war doch nur, weil du auf der Party das Opfer warst, jetzt bist du kein Opfer mehr, lege dich mit dem Rücken aufs Bett!«

Ronda legt sich in die Mitte des Bettes und Sandra stellt sich mit gespreizten Beinen über sie.

Vorsichtig öffnet sie den Blutbeutel und begießt Rondas Körper mit dem Blut. Als sich der gesamte Inhalt des Beutel auf Rondas Körper befindet, glänzen Sandras Augen. Gierig leckt sie Rondas Körper ab, gierig küsst sie Ronda, gierig schiebt sie ihre Hand in ihren Schritt. Sandra ist wie von Sinnen und befindet sich in einen Rausch. Die Körper der beiden sind völlig mit Blut überzogen. Sandra schiebt ihre bluterschmierte Hand in Rondas Rachen.

»Los, koste von dem Blut, meine Geliebte!«

Ronda wagt nicht etwas zu sagen, denn so hat sie Sandra noch nie erlebt, sie schien völlig weggetreten.

Eine dreiviertel Stunde später ist die Zeremonie beendet und Sandra liegt völlig fertig neben Ronda. Auch Ronda wirkt etwas mitgenommen. Viel Blut ist nicht mehr zu sehen, Sandra hat
fast alles in sich hineingesogen. Nach einigen Minuten spürt Ronda Sandras Hand im Schritt.

»Danke, Ronda!«

Ronda streichelt Sandra über die Schulter und erhebt sich. Nachdem sie geduscht hat, hat sich Sandra auch wieder aufgerappelt. Ronda setzt sich auf die Bettkante und wenig später fühlt sie wieder Sandras Finger in ihrer Möse.

Ronda lehnt sich zurück und beide treiben es noch einmal. Als sie fertig sind, liegen sie erschöpft nebeneinander. Sandra streichelt Rondas glattrasierte Muschi.

»Rasiere deine Muschi nicht mehr, Ronda!«

»Aber ich hasse Haare im Genitalbereich.«

»Ich nicht, ich will, dass Du einen richtig schönen Bären da unten bekommst, dass mag ich.«

»Wie du meinst, dann rasiere ich mich eben nicht mehr.«

»Das ist gut Ronda, das ist gut.«

Beide schlafen völlig erschöpft ein.

Am Morgen richten beide das Schlafzimmer wieder her und die kommenden Tage vergehen. Mitte der Woche sitzen beide wieder beim Frühstück.

»Heute musst du zu Cyntia, du hast dort einen Termin.«

»Was wird sie mit mir machen?«, fragt Ronda nachdenklich.

»Nichts Schlimmes, keine Sorge, fahre einfach zu ihr, sie weiß, was zu tun ist.«

»Und wenn sie mich anbaggert?«

»Dann ist es so und ihr werdet Sex miteinander haben.«

»Hm, ich dachte, es ärgert dich?«

»Tut es ja auch, aber dem wird ja in Zukunft Abhilfe geschaffen.«

»Aha«, antwortet Ronda gelangweilt und geht ins Schlafzimmer. Sie zieht sich das schwarze Satinkleid an und ein Paar High Heels. Wieder mustert sie sich im Spiegel.

»Egal, was ich anziehe, ich sehe immer aus, als wäre ich auf der Suche nach Sex. Wenn Cyntia mich so sieht, wird sie mich sofort lecken wollen. Liebend gerne könnte ich darauf verzichten, zumal ich sie nicht besonders mag«, zischt Ronda.

Sie schaut auf ihre Oberweite und sieht, dass ihre Brustwarzen deutlich hindurchschimmern. Ronda will ein anderes Kleid versuchen, doch als sie das Satinkleid ausziehen will hört sie Sandras Stimme. Sie hat sie beim Einkleiden beobachtet.

»Lass es an! Egal, was du anziehst, du siehst immer geil aus. Nun schminke dich, wie es sich gehört!«

Ronda stolziert ins Bad und legt ihre Schminke auf, danach geht sie zu Sandra um ihr OK zu bekommen. Sandra mustert Ronda von oben bis unten.

»Wie kann man nur immer und immer wieder so geil aussehen? Ich bin froh, dass du mir gehörst.«

Sandra reicht Ronda die Autoschlüssel und Cyntias Visitenkarte.

»Viel Spaß, bis später«, wünscht Sandra ein wenig zerknirscht.

Ronda verlässt das Haus und macht sich auf den Weg.

Als Ronda vor Cyntias Türe steht, fängt sie an zu fluchen.

»Hier hat der ganze Mist angefangen, wäre ich doch bloß nicht mit zu dieser beschissenen Party gegangen! Was haben die mir bloß eingeflößt, dass ich meine größten Geheimnisse ausgeplappert habe? Nichts kann ich machen, rein gar nichts, ich bin Sandra völlig ausgeliefert und sie weiß es.«

Ronda betätigt die Türglocke und wenig später öffnet Cyntia die Türe. Ihr Alter ist schwer zu schätzen, da auch sie blass geschminkt ist. Ihr Haar ist lang und ebenfalls schwarz. Ronda schätzt Cyntias Alter auf fünfundvierzig.

»Hallo, Ronda, verdammt noch mal, du bist ja der Hammer!«

»Hallo, Cyntia«, entgegnet Ronda. »Ich habe einen Termin bei dir.«

»Jaja, ich weiß, komm erst einmal rein.«

Als die Türe ins Schloss fällt, streichelt Cyntia auch schon Rondas Hintern.

»Du bist der Wahnsinn, ich könnte mich sofort in dich verlieben, du siehst klasse aus!«

Cyntia führt Ronda in den Raum, wo das große Bett in der Mitte steht. Ronda betrachtet kurz das riesige Bett und denkt wieder an die Party.

»Hat dir die Party gefallen?«, fragt Cyntia mit einem Unterton.

»Nicht wirklich.«

»Aber die nächsten wirst du gut finden, das verspreche ich dir.«

Cyntia setzt sich auf das riesige Bett und fordert Ronda auf, sich hinzusetzen. Ronda nimmt neben Cyntia Platz.

»Du hast ja einen geilen Gang, ich liebe es«, schnalzt Cyntia.

»Danke«, antwortet Ronda gelangweilt.

»Ich liebe dich, Ronda!«

Ronda schluckt dreimal. »Ich bin aber schon vergeben.«

»Ja, ich weiß, liebst du Sandra wirklich?«

»Ja, das tue ich«, lügt Ronda.

»Wenn ich dich besitzen würde, das wäre fein.«

»Mich besitzt aber keiner!«, mault Ronda.

»Aber wenn du meine Geliebte wärst, würde ich dich besitzen, mit allem was du hast.«

»Es ist aber nicht so«, meckert Ronda.

»Ja, leider, aber was nicht ist, kann ja noch werden«, lacht Cyntia und lässt ihre Hand zu Rondas Muschi gleiten. Mit ihren Zähnen beißt sie zärtlich auf Rondas durchschimmernde Brustwarzen. Ronda kann sich nicht gegen ihre Gefühle wehren und ihre Muschi wird schnell feucht. Cyntia drückt Ronda auf die Mitte des Bettes

und entkleidet sich. Ronda sieht, dass Cyntias Körper von
Piercings übersät ist.

»Zieh dein Kleid aus, Süße!«

Schnell ist Ronda ihrem Satinkleid entsprungen und beide vernaschen sich auf dem großen Bett. Als sie fertig sind, beginnt Cyntia an zu schwärmen.

»Du bist unglaublich, irgendwann will ich dich besitzen.«

Im Leben nicht, denkt sich Ronda. »Daraus wird leider nichts, Cyntia«

Cyntia steigt aus dem Bett, holt ein Maßband und setzt sich.

»Komm zu mir, meine Schöne, und stell dich breitbeinig vor mir!«

Ronda geht zu ihr und folgt Cyntias Anweisung.

Sie mißt Rondas Taille, Rondas Hüfte, Rondas Schritt und die Distanz zwischen Muschi und Po-Loch. Sorgfältig notiert sich Cyntia alle Maße auf einen Block und legt diesen dann zur Seite. Langsam näher sie sich mit ihrem Mund Rondas Vagina und leckt sie genüsslich aus. Wieder ist Ronda am Stöhnen und am Seufzen.

»Ja, komm nur, meine Süße, lass es raus, ich will deinen Saft.«

Ronda bekommt wieder einen Orgasmus und Cyntia leckt gierig ihren Saft auf. Rondas Beine zittern vor Erregung, da sie immer noch breitbeinig vor Cyntia steht.

»Herrlich, dein Saft, Ronda, ich liebe dich. Nun zieh dich wieder an und verlasse das Haus, bevor ich dich noch einsperre und nie mehr gehen lasse«, schreit Cyntia sie an.

Schnell schlüpft Ronda in ihr Satinkleid und verschwindet.

Als Ronda im Auto sitzt, flucht sie vor sich hin.

»Boah, ist die Frau angsteinflößend, die spinnt doch, mich so anzuschreien, bin ich froh, dass ich mit ihr nichts zu tun habe!«

Zügig verlässt Ronda das Grundstück und fährt nach Hause. Aufgewühlt geht Ronda in die Küche, wo Sandra sitzt.

»Was ist los, alles klar?«, fragt Sandra etwas besorgt.

»Cyntia ist furchteinflößend, ich mag sie nicht.«

»Hat sie dich vernascht?«

Ronda nickt.

»War ja klar«, ärgert sich Sandra.

»Sie hat mich untenrum vermessen und danach wieder geleckt, bis ich ein zweites Mal gekommen bin, dann hat sie mich angeschrien und mir gesagt, ich solle schnell das Haus verlassen.«

Nun grinst Sandra und schaut Ronda an.

»Aha, dann ist sie eifersüchtig, das gefällt mir, sie würde dich gerne besitzen.«

»Das kann man auch anders rüberbringen«, schimpft Ronda.

»Lass gut sein, Ronda, leg dich nie mit Cyntia an, sie kann sehr grausam sein.«

»Das glaube ich, deshalb mag ich sie auch nicht.«

»Gut, dass du sie nicht abgewiesen hast, das wäre nicht gut.«

»Das hätte ich mich auch nicht getraut, sie hat etwas Mystisches an sich, was ich nicht erklären kann.«

Sandra nimmt Ronda in den Arm.

»Keine Angst, Ronda, ab nächster Woche habe nur ich noch Sex mit dir, außer auf den Partys, da darf jede an jede ran, aber die ist nur einmal im Monat.«

»Warum hat Cyntia überhaupt Maße von meinem Unterleib genommen?«

»Das zeige ich dir nächste Woche, bis dahin musst du dich noch mit der Antwort gedulden«, lacht Sandra.

»Und bei den Partys, muss ich mit Cyntia schlafen, wenn sie es will?«

»Ja, Ronda!«

»Aber warum?«

»Sie ist die Oberste, sie hat die Macht und das Geld, durch sie haben alle Partyteilnehmerinnen ein gutes Leben.«

»Die Oberste?«

»Ja, die Oberste und nun hör auf zu fragen!«

»Kann sie verlangen, dass ich bei ihr leben muss?«

»Nein, denn ab nächster Woche bist du offiziell an mich vergeben, dann darf man dich nur noch auf den Partys begehren.«

»Offiziell vergeben? Ich verstehe gar nichts.«

»Nun aber gut, Ronda, ziehe dein Kleid aus und setz dich zu mir!«, fordert Sandra. »Donnerstags fahre ich immer zu meiner Mutter, zu ihr werde ich immer mit dem Taxi fahren, dort bleibe ich immer bis Nachmittags und ich möchte, dass du das Haus während dieser Zeit nicht verlässt!«

Ronda nickt, Sandra hatte ihr ja gesagt, dass sie sich einmal in der Woche bei ihrer Mutter meldet.

Am Donnerstag steigt Sandra in ein Taxi und fährt zu ihrer Mutter. Ronda zieht sofort ihre Stiefel aus, zieht sich ein Kleid an und geht in die Scheune. Seitdem Sandra bei ihr wohnt, war sie nicht mehr in der Scheune. Sie öffnet die Scheunentüre und geht in den Schlachterraum, wo sie Barbara am Balken fixiert hatte. Nichts deutet mehr darauf hin, dass in dem Raum jemand sein Leben gelassen hat. Die komplette Scheune sieht aus wie immer, sogar das Chloroform und die Klebebänder liegen noch im Regal. Ronda schaut durch die Glasabdeckung der Tiefkühltruhe und entdeckt dort auch nichts Ungewöhnliches, außer dass sich an den Wänden der Tiefkühltruhe Eis gebildet hat. Sie geht zu der Öffnung des unterirdischen Heizöltanks und sieht, dass Sandra eine große Platte auf die Öffnung gelegt hat und den Traktor auf die Platte gefahren hat. Das hat sie gemacht, nachdem sie Barbara in den Tank geschmissen hat. Ronda verschließt die Scheunentüre wieder und geht ins Haus. Sie zieht ihr Kleid wieder aus und die Stiefel wieder an, sie möchte nicht, dass sie von Sandra überrascht wird und sie dann wütend wird.

Ronda stellt sich wieder vorm Spiegel. »Ich hasse diese Piercings!«, meckert sie. Sie sieht, dass ihre Haare an ihrer Vagina schon wieder zu sehen sind und fängt an zu schreien.

»Verdammte Scheiße, ich will das alles nicht, wie komm ich nur aus dieser Situation heraus?«

Sie setzt sich auf die Bettkannte und fängt an zu weinen.

»Keine Chance habe ich, entweder ich bleibe Sandras Eigentum, oder ich gehe in den Knast«, heult sie vor sich hin.

Am späten Nachmittag kommt Sandra wieder nach Hause. Sie lacht zufrieden, als sie sieht, dass Ronda nackt in der Küche sitzt und ihre Stiefel anhat.

»Du hast wieder fleißig das Gehen geübt, fein, mein Schatz.«

»Ich brauche nicht mehr zu üben, ich kann mittlerweile auf diese riesigen Absätze laufen«

»Ich habe dir ja gesagt, dass du dich daran gewöhnst, meine Liebe«, erfreut sich Sandra.

Das Wochenende ist schnell vergangen. Freitag wurde wieder die Blutorgie durchgezogen und die restlichen Tage wurde herumgegammelt und die beiden haben es sich mehrmals besorgt.

An einem Mittwochmorgen ist Sandra besonders fröhlich.

»Ich fahre heute zu Cyntia und hole dort zwei Geschenke für dich ab, die werden dir gefallen.«

»Was sollen das für Geschenke sein?«, fragt Ronda neugierig.

»Das verrate ich nicht, das wirst du sehen, wenn ich wieder da bin«, freut sich Sandra.

Ronda überlegt. Was hat Sandra wieder vor? Ich will keine Geschenke haben. Das kann doch nur wieder irgendein Gothikmist sein. Aber was? Ich sehe doch wie ein perfektes Gruftieweib aus? Cyntia hat meinen Unterleib und meinen Hals gemessen, aber warum?

»Etwas zum Anziehen?«, fragt Ronda.

»Ich gebe dir keinen Tipp, Ronda, dann ist es ja keine Überraschung mehr«, kichert Sandra.

Nachdem Frühstück zieht sich Sandra vergnügt an und nimmt Rondas Autoschlüssel.

»Hast du keinen Wagen mehr?«

»Nein, der hat einen Motorschaden, aber dein Wagen reicht ja für uns.«

Ronda räumt den Tisch leer und Sandra verlässt das Haus.

Bei Cyntia angekommen, gehen beide in den ersten Stock des Hauses und Cyntia zeigt auf einen Tisch.

»Dort sind deine Schmuckstücke.«

Sandra freut sich als sie den Keuschheitsgürtel und das Halsband aus Metall erblickt. Beide Teile hält sie in die Höhe.

»Fantastisch, Cyntia, da wird sich Ronda freuen«, grinst sie.

Cyntia ist nicht so erfreut, fasst Sandra am Kragen und zieht sie nah an sich.

»Hör zu, Sandra, auf unseren monatlichen Partys gehört Ronda mir, ist das klar?«, flucht sie.

»Ja, ist ja gut, Cyntia.«

»Eigentlich will ich sie für immer, aber ich kann dich ja schlecht umbringen«, schreit Cyntia durch den Raum.

»Du bist eifersüchtig, dass verstehe ich, sie sieht wunderschön aus, aber sie bleibt mein«, trotzt Sandra.

Zähneknirschend lässt Cyntia von ihr ab und schreit Sandra an.

»Jetzt hau ab, bis Donnerstag!«

Sandra packt die zwei Metallteile, zwei Schlösser und eine Halskette mit zwei Schlüsseln in eine Tüte, verlässt das Haus und macht sich auf den Weg zu Ronda. Als sie die Haustüre aufschließt, kommt Ronda gerade aus dem Wohnzimmer. Sandra geht zu ihr und streichelt ihren Po.

»Geh schon mal in die Küche, Ronda, bin gleich bei dir!«

Als Sandra sich entkleidet hat, geht sie in die Küche und stellt die Tüte auf den Tisch. Sie macht zwei Kaffee und setzt sich zu Ronda an den Tisch. Fröhlich klopft sie auf die Tüte.

»Da sind deine Überraschungen!«

Ronda schaut auf die Tüte und verzieht ihr Gesicht.

»Na, mal nicht so muffelig, meine Liebe, nun komm mal zu mir herum.«

Ronda geht um den Tisch und stellt sich vor Sandra. Sandra schaut auf Rondas Muschi und schiebt einen Finger hinein.

»Schön, dein Bärchen wächst ja rasant, dass gefällt mir, wusste gar nicht, dass du so einen starken Haarwuchs hast.«

Sandra entfernt wieder ihren Finger aus Rondas Vagina und drückt nun ihr Gesicht darauf.

»So schön weich und dieser Duft, ich liebe es.«

Sandra fasst in die Tüte, die auf dem Tisch liegt, und zieht eine Halskette heraus, an der zwei Schlüssel angebracht sind, und reicht sie Ronda.

»Bist du so nett und legst mir die Kette an den Hals?«

Ronda geht hinter Sandra, öffnet den Kettenverschluss und befestigt die Kette an Sandras Hals. Grinsend betrachtet Sandra die zwei Schlüssel, die nun zwischen ihren Brüsten hängen.

»Nun komm wieder vor und knie dich mit dem Rücken zu mir!«

Ronda folgt Sandras Anweisung und Sandra holt das Halsband und ein Schloss aus der Tüte. Langsam legt sie Ronda das Halsband um den Hals und verschließt es mit dem Schloss.

»So, nun geh vor den Spiegel und schau dir die erste Überraschung an!«

Ronda geht ins Schlafzimmer und schaut sich das Halsband an.

Es ist ein breites schwarzes Metallhalsband, welches eng an ihrem Hals anliegt. Ronda zerrt und zieht am Halsband herum in der Hoffnung, es wieder abzubekommen, aber es ist zu stabil. Sie fühlt das Schloss und weiß, dass nur Sandra sie wieder von dem Halsband befreien kann. Wütend geht sie wieder in die Küche und setzt sich an den Tisch.

»Was soll das, Sandra, mach es wieder ab, ich bin doch nicht dein Hund!«

»Es steht dir aber sehr gut, wirkt richtig sexy!«

»Mach es ab, Sandra!«

»Nein meine Süße, es bleibt dran!«

»Es liegt viel zu eng an, ich bekomme kaum Luft!«

»Du gewöhnst dich schon dran, solange wir zusammen sind, wirst du es tragen!«

Ronda fasst noch einmal an das Schloss des Halsbandes und beginnt zu weinen.

»Weine nicht, meine Süße, es ist nur zu deinem Besten.«

Nachdem Ronda sich wieder gefasst hat, fordert Sandra sie auf, sich vor ihr zu stellen.

»Jetzt kommt das Beste, Ronda.«

Sandra holt den Keuschheitsgürtel und das zweite Schloss aus der Tüte. Als Ronda erkennt, was es ist, weiten sich ihre Augen.

»Nein Sandra, das kannst du nicht von mir verlangen!«

»Natürlich kann ich das, ich kann alles von dir verlangen, das weißt du doch!«, zischt Sandra.

»Nun mach schon deine Beine auseinander, damit ich dir das hübsche Teil anlegen kann, sei froh, dass dich außer mir kein Weib mehr befummeln kann!«

Beleidigt spreizt Ronda ihre Beine und Sandra legt ihr den Keuschheitsgürtel an. Nach kurzer Zeit hat sie den Keuschheitsgürtel mit dem Schloss verschlossen und ist begeistert.

»Wow, der passt ja wie angegossen, nun leg deinen Oberkörper auf den Tisch, ich muss schauen, ob die Öffnungen an der richtigen Stelle sind!«

Ronda gehorcht und Sandra überprüft den Sitz der Öffnungen.

»Perfekt gearbeitet, ich freu mich so«, jauchzt Sandra.

»Nun geh zum Spiegel und schau dir deine zweite Überraschung an!«

Wütend stampft Ronda ins Schlafzimmer und schaut sich den Keuschheitsgürtel vor dem Spiegel an. Er ist aus schwarzem Metall angefertigt und sitzt eng um ihre Taille. Ronda versucht, den Keuschheitsgürtel herunter zu drücken, doch ihre Beckenknochen stören. Sie lässt ihre Hand durch ihren Schritt gleiten und bemerkt an ihrer Vagina einen kleinen, gezackten Schlitz und genau vor ihrem Anus ein etwas größeres Loch. Nun weiß sie, dass sie selbst mit angelegtem Keuschheitsgürtel auf Toilette gehen kann. Niemand kommt mehr an ihre Muschi heran, auch sie selbst nicht. Ab sofort hat Sandra sogar auch ihre Muschi in der Hand. Ronda versucht, an ihre Klitoris zu kommen, doch der gezahnte Schlitz ist zu schmal für ihren Finger. Ronda rennt in die Küche und haut energisch mit der Faust auf den Tisch.

»Das ist gemein, dass kannst du nicht machen, Sandra!«

»Haha, wenn du wüsstest, wie geil du aussiehst, gefällt mir super«, lacht Sandra.

»Nun weiß jedes Lesbenweib, dass du vergeben bist und ich kann nun deine Orgasmen kontrollieren und wenn du richtig schön geil bist, dann lasse ich dich ein wenig zappeln und wenn ich dir dann den Keuschheitsgürtel abnehme, verschlingst du mich mit Haut und Haaren, haha!«

Sandra lässt ihren Finger über den gezackten Schlitz des Keuschheitsgürtels gleiten.

»Perfekt, außer mir kommt keiner an deine Muschi, dass gefällt mir sehr gut, Ronda. Aber beruhige dich, einmal im Monat kannst du es mit Cyntia treiben, ansonsten nur noch mit mir!«

Einige Wochen vergehen. Jeden Donnerstag fährt Sandra zu ihrer Mutter und jeden Freitag muss Ronda ihr Blut für Sandras Sexorgien spenden. Einmal im Monat fahren beide zu Cyntias Party, wo sich Cyntia jedes Mal mit Ronda zurückzieht, um es sich von ihr besorgen zu lassen. Immer mehr wird Ronda behandelt wie eine Sklavin, was ihr sehr missfällt. An einem Donnerstag, als Sandra mal wieder das Haus verlässt, um ihre Mutter zu besuchen, sitzt Ronda weinend im Schlafzimmer und flucht über ihre beschissene Situation. Wütend zerrt sie an ihrem angelegten Keuschheitsgürtel. Als sich ihre Haut an der Hüfte rot färbt, gibt sie auf und macht sich auf den Weg in Richtung Küche. Im Flur erblickt sie einen weißen Briefkuvert, den jemand unter die Haustüre geschoben hat.

»Leck mich, Sandra, du mit deinen blöden Schikanen«, flucht sie.

Ronda lässt den Brief liegen und geht in die Küche. Am Tisch sitzend lästert sie wieder über Sandra.

»Bestimmt hat sie mir wieder eine Aufgabe notiert, um mich mal wieder zu demoralisieren, dieses Miststück!«

Nach einer Weile erhebt sich Ronda und holt den Brief, der unter die Haustüre geschoben wurde. Sie setzt sich wieder in die Küche und öffnet das Kuvert. Langsam zieht sie ein Blatt heraus und liest.

SANDRA HAT KEINE MUTTER UND VERGNÜGT SICH JEDEN DONNERSTAG MIT CYNTIA!

»Das gibt es doch nicht!«, schreit Ronda. »Wenn das wirklich so ist, dann hat mich Sandra die ganze Zeit verarscht, das gibt es doch nicht! Sie hat gar keine Aufnahmen mit ihrem Handy gemacht, sondern mein Geplapper für sich verwendet, dieses Miststück.«

Ronda beschließt, am nächsten Donnerstag Sandra mit einem Taxi zu folgen, um zu überprüfen, ob es stimmt, dass sie zu Cyntia fährt.

Die Woche vergeht schnell und Ronda benimmt sich wie immer, damit Sandra keinen Verdacht schöpft, dass sie weiß, dass sie gelogen hat. Am Donnerstag fährt Sandra wie gehabt mit Rondas Wagen zu ihrer angeblichen Mutter. Ronda wartet eine Stunde ab und bestellt sich ein Taxi, um zu Cyntias Haus zu fahren. Dort angekommen, erblickt sie tatsächlich ihren Wagen und

lässt sich schnell wieder nach Hause fahren.

Kopfschüttelnd sitzt Ronda in der Küche und flucht.

»Das darf nicht wahr sein, da hat Sandra gelogen und mich zu ihrer Sklavin gemacht, unglaublich! Und ich blöde Kuh fall noch drauf rein.« Seit langer Zeit hat Ronda wieder ein Lächeln im Gesicht. »Na warte, du Luder, dass wirst du bereuen«

Ronda geht ums Haus und öffnet die Scheune. Sie geht zu dem Regal und sieht das geschlossenen Chloroformglas, die Klebebänder, die Seile, die Plastiksäcke.

»Alles noch so, wie ich es dort abgelegt habe, prima«, freut sie sich. Schnell geht sie wieder ins Haus und entkleidet sich, da sie bei Sandra kein Misstrauen erwecken möchte. Am späten Abend kommt Sandra heim und setzt sich zu Ronda an den Tisch.

»Na, wie war es bei deiner Mutter?«, fragt Ronda.

»Ach, wie immer, nichts Besonderes.«

»Sandra?«

»Was?«

»Morgen ist doch wieder unser geiler Bluttag.«

»Ja, und?«, fragt Sandra mit großen Augen.

»Ich fände es ja mal geil, wenn wir unsere Orgie in der Scheune machen könnten, da haben wir doch viel mehr Platz.«

Sandra überlegt eine Weile.

»Die Idee gefällt mir, das hat was«, antwortet Sandra. »Es würde mich erregen, wenn ich weiß, dass uns jemand dabei erwischen könnte, das machen wir, Ronda.«

Ronda erhebt sich, geht zu Sandra und umarmt sie. Zärtlich küssen sich beide mit der Zunge und beginnen damit sich zu streicheln.

»Du bist ja jetzt schon geil, meine Süße«, lacht Sandra. »Das freut mich, dennoch entferne ich

deinen Keuschheitsgürtel erst morgen, dann bist du richtig geil, wenn wir in der Scheune
liegen«, grinst Sandra.

Ronda lässt von Sandra ab und tut so, als wäre sie beleidigt.

»Komm, lass uns ins Bett gehen, bis morgen wirst du dich noch gedulden müssen«, lacht Sandra.

Als beide im Bett liegen, ist Ronda noch lange wach. Sie denkt noch eine Weile über ihren Plan nach und lächelt, denn sie weiß, dass am morgigen Abend ihr Albtraum ein Ende hat. Mit einem
süßen Lächeln auf den Lippen schläft auch sie endlich ein.

Der nächste Tag vergeht schnell und am späten Nachmittag holt Ronda das große Gummilaken, eine Kanüle, einen Blutbeutel und einen Schlauch aus dem Schrank, kleidet sich an und geht
zu Sandra in die Küche.

»Ich bring schon mal alles in die Scheune für unsere geile Nummer, ich kann es kaum noch erwarten, so geil, wie ich bin«, lügt Ronda.

Sandra ist darüber sehr erfreut und gibt ihr einen Klaps auf den Po. »Der Keuschheitsgürtel hat was, so geil hab ich dich noch nie gesehen, heute werden wir ficken, bis die Scheune wackelt.«

»Das werden wir«, bestätigt Ronda und geht in die Scheune. Zügig gräbt Ronda ein kleines Loch in den Boden, rennt schnell zu dem Regal und öffnet das Chloroformglas. Schnell schmeißt sie ein Tuch in das Glas und lässt es geöffnet. Ronda rennt zu dem ausgegrabenen Loch und stellt das Chloroformglas hinein. Sie breitet das Gummilaken so aus, dass eine Ecke des Lakens über dem Chloroformglas liegt. Die Kanüle, den Schlauch und den Blutbeutel legt sie auf die Mitte des Lakens.

»Das sieht schon geil aus«, freut sich Sandra, die nun auch in die Scheune gekommen ist. Ronda erschrickt ein wenig, als sie Sandras Stimme vernimmt. Sie ist froh, dass sie sich beeilt hat und Sandra nichts mitbekommen hat.

»Fertig«, lacht Ronda und nimmt Sandra an die Hand, um mit ihr die Scheune zu verlassen. Wieder ist Ronda froh, dass Sandra mitgeht und keinen Verdacht geschöpft hat.

»Ich bin so geil auf dich, Sandra, lass uns bitte nicht mehr solange warten«, lechzt Ronda.

»Bis zur Dunkelheit musst du dich noch gedulden, dann gehen wir nackt in die Scheune und den Keuschheitsgürtel werde ich dir erst entfernen, wenn der Blutbeutel gefüllt ist.«

»Warum entfernst du ihn so spät?«

»Weil es mich geil macht, wenn ich sehe, wie scharf du bist und du erst einen Orgasmus bekommst, wenn ich es zulasse«, lacht Sandra.

»Das ist gemein«, jammert Ronda gekonnt.

»Oh, ja«, freut sich Sandra.

Als beide sich wieder in der Küche gegenüber sitzen, schaut Ronda unauffällig auf die beiden Schlüssel, die zwischen Sandras Brüsten baumeln. Ronda grinst und sie weiß, dass sie bald wieder frei ist und ihr eigenes Leben wieder hat. Mittlerweile dämmert es draußen und Sandra klopft mit dem Finger gegen Rondas Keuschheitsgürtel.

»Bald ist es soweit und wir werden uns lieben, bis der Arzt kommt«, prustet sie heraus.

»Ich kann es nicht mehr abwarten, ich bin so geil auf dich Sandra«, lügt Ronda wieder.

Als es endlich dunkel ist, verlassen beide das Haus um in die Scheune zu gehen. Sandra ist nur mit ihren Stiefeln bekleidet. Ronda trägt ebenfalls nur ihre Stiefel, den Keuschheitsgürtel und ihr Halsband am Körper. Hand in Hand huschen beide um das Haus und betreten die Scheune. Als Ronda die Scheunentüre von innen verschlossen hat, betätigt sie den Lichtschalter und die Scheune ist schwach beleuchtet. Sie setzt sich auf das ausgebreitete Gummilaken und hält Sandra ihre Armvene entgegen. Sandra kniet sich neben Ronda, nimmt die Kanüle und konzentriert sich auf die Vene, während Ronda mit der anderen Hand eine Ecke des Lakens wegschiebt und das Tuch in dem Chloroformglas umfasst. Als Sandra die Kanüle in Rondas Vene schieben will, zieht diese blitzschnell das Tuch aus dem Chloroformglas und drückt es feste auf Sandras Gesicht. Sandra ist völlig überrascht und kann nicht reagieren. Ronda drückt Sandras Gesicht mit dem getränkten Tuch auf den Boden und nun versucht Sandra sich zu wehren. Nach einer Minute liegt Sandra bewegungslos auf dem Scheunenboden und Ronda strahlt.

»Das war's für dich, mein Fräulein«, lacht sie laut.

Ronda holt das Chlorglas aus dem Loch, verschließt es und stellt es wieder ins Regal. Sie nimmt zwei Rollen Klebeband und verklebt Sandras Körper, wie ein Paket. Ronda streift Sandra die Halskette mit den beiden Schlüsseln über den Kopf und entfernt das Halsband und den Keuschheitsgürtel von ihrem Körper. Fröhlich legt sie die Utensilien auf das Gummilaken und streckt ihre Arme in die Höhe.

»Endlich frei, endlich bin ich wieder ich!«

Ronda beugt sich zu Sandra hinunter und verklebt ihren Mund.

»So, nun bist du hübsch verpackt, wie eine Mumie, meine Süße.«

Sie fasst Sandras Füße und zieht sie zur Kühltruhe. Als sie den Glasdeckel der Kühltruhe zur Seite geschoben hat, packt sie Sandra und steckt sie in die Truhe. Als Sandra endlich mit dem Rücken auf dem Truhenboden liegt, setzt sich Ronda auf den zur Seite geschobenen Glasdeckel und beobachtet Sandra.

»Ganz schön kühl, mein Täubchen, ich freue mich schon darauf, wenn du wieder zu dir kommst, so lange bleibt die Kühltruhe geöffnet.«

Nach fast einer Stunde öffnet Sandra ihre Augen und schaut entsetzt zu Ronda, die über ihr sitzt. Sie versucht zu schreien und wackelt wild mit ihrem Körper. Als sie ihren Oberkörper aufrichten will, drückt Ronda ihn mit einem Fuß wieder herunter und lacht laut.

»Meine geliebte Sandra, wie fühlst du dich?« Ronda beugt sich etwas vor und schaut Sandra in die Augen. »Du hast mich lange genug verarscht. Deine Aufnahmen, deine Mutter, alles gelogen du Miststück! Die Idee war gut, aber jemand hat dich verpfiffen, mir wurde am Donnerstag ein Brief unter die Türe geschoben, du hast gar keine Mutter, sondern warst immer bei Cyntia und hast dich mit ihr vergnügt.«

Heftig schüttelt Sandra ihren Kopf.

»Reg dich ab, ich hab es kontrolliert, und nun wirst du büßen!«

Immer wieder versucht Sandra ihren Oberkörper anzuheben, doch Ronda drückt mit ihrem Fuß auf Sandras Brustkorb, so dass sie liegen bleiben muss.

»Dein Anblick macht mich geil, meine Süße.«

Ronda schaut in Sandras Gesicht und beginnt damit, ihre Muschi zu streicheln. Zärtlich reibt sie ihre Klitoris, ohne den Blick von Sandra abzuwenden.

»Sie genau hin, wie geil ich heute bin!«, flucht sie.

Nach kurzer Zeit bekommt Ronda einen Orgasmus und ihre Mösenflüssigkeit tropft in die Kühltruhe. Ronda rutscht mit ihrer Vagina nach vorne und lässt sie über Sandras Gesicht austropfen.

»Das magst du doch, mein Duft hat dich doch immer geil gemacht, ja, du magst es, ich weiß es doch.«

Vor lauter Panik zappelt Sandra hin und her. Ronda genießt den Anblick und grinst Sandra dabei ins Gesicht.

»Deine Haut wird schon blau, ganz schön kühl da unten, was? Wenn ich den Glasdeckel der Truhe zugeschoben habe, wird's noch ein wenig kühler«

Sandras Augen weiten sich und sie zappelt und zappelt.

»Wehre dich nicht, meine liebe Sandra, du bleibst solange in der Truhe, bis dein Blut gefriert. Dann werde ich dich schön in den Heizöltank entsorgen und ich habe meine Freiheit wieder. Wenn die Truhe geschlossen ist, werde ich es mir noch einmal besorgen und du bist live dabei.«

Ronda entfernt ihren Fuß von Sandras Brustkorb und steigt von der Tiefkühltruhe. Langsam schließt sie den Glasdeckel der Truhe und schaut dabei lachend in Sandras Augen. Sandra schüttelt den Kopf und erhebt ihren Oberkörper. Mit dem Kopf drückt sie gegen den stabilen Glasdeckel der Truhe, doch das Glas ist zu stabil, um der Truhe zu entkommen. Grinsend lässt Ronda ihr einen Kuss zufliegen und setzt sich mit ihrem Hintern auf die Truhe. Weit spreizt sie ihre Beine, um Sandras Todeskampf zu beobachten. Wieder schiebt sie ihre Finger in ihre Muschi und wird geil.

»Schau nur, wie geil du mich heute machst, schau nur.«

Nach kurzer Zeit seufzt Ronda wieder und macht einen zufriedenen Gesichtsausdruck.

»Das war geil, danke, meine Geliebte.«

Sie grinst Sandra noch einmal durch die Glasscheibe an und sieht, wie sie ihre Augen schließt. Ronda sieht an der regelmäßigen Erhebung von Sandras Brustkorb, dass sie noch atmet.

»Bald ist es vorbei, meine Süße, bewusstlos bist du ja schon.«

Während Ronda erfreut in die Tiefkühltruhe schaut, macht sich hinter ihr eine Stimme bemerkbar.

»Hallo, Ronda!«

Entsetzt dreht sich Ronda herum und schaut in Cyntias Gesicht.

»Cyntia ... du?«

»Ja, ich, meine Liebe!«

»Was ... wie ... wie kommst du hier rein?«

Cyntia geht zur Tiefkühltruhe und schaut hinein.

»Sandra ist tot, sie atmet nicht mehr, nicht schlimm um die Göre, sie war schon immer ein Problemfall.«

Völlig verstört schaut Ronda zu Cyntia auf. Mystisch schaut sie aus in ihrem dunklen Kleid. Ihre Haut ist bleich geschminkt und sie sieht zum Fürchten aus, im gedämmten Licht der Scheune.

»Was ... wie ... Cyntia«, stammelt Ronda.

»Sammel dich erst einmal, meine Liebe. Ich wusste, dass du Sandra umbringst, ich habe doch das Handy mit den Aufzeichnungen und ich habe dir den Brief unter die Türe geschoben. Ich bin Sandras Stiefmutter, beziehungsweise, ich war es.«

Cyntia lässt ihre Hand durch Rondas langes schwarzes Haar gleiten und lächelt sie an.

»Das besagte Handy liegt nun versiegelt bei meinem Rechtsanwalt und wird der Polizei übergeben, falls ich eines unnatürlichen Todes sterben sollte.«

Ronda reißt ihre Augen weit auf.

»Das ... das kann doch nicht sein?«, fragt Ronda mit bebender Stimme.

»Oh doch, mein Liebling, ich habe dir doch prophezeit, dass du eines Tages mir gehören wirst.«

»Nein, nein, nein, du lügst!«, schreit Ronda.

»Und woher weiß ich, dass du einen Heizöltank unter dem Traktor hast, indem sich einige Leichen befinden? Und woher weiß ich von deiner kleinen Barbara, oder von deinem Feld hinter dem Haus, wo auch einige Leichen vergraben sind?«

Rondas Gesicht wird kreideweiß und sie fängt an zu schwitzen.

»Von nun an bist du mein Eigentum, mein alleiniges Eigentum!«

Ronda zittert am ganzen Körper, während Cyntia zu dem auf dem Boden liegenden Gummilaken geht und die Kette mit den beiden Schlüsseln aufhebt. Sie legt sich die Kette um den Hals und die Schlüssel verschwinden zwischen ihren Brüsten. Sie schaut zu Ronda und winkt sie mit dem Finger zu sich.

»Komm schon, mein Liebling, leg dein Geschirr wieder an.«

Mit gesenktem Blick schleicht Ronda zu dem Gummilaken und legt sich den Keuschheitsgürtel an und verschließt ihn mit dem Schloss.

»Brav, meine Liebe, und nun das Halsband«, fordert Cyntia.

Beleidigt legt sich Ronda das Halsband um und verschließt auch dieses mit dem Schloss.

»So gefällst du mir doch wieder«, lacht Cyntia.

Zärtlich streichelt Cyntia mit ihren Händen über Rondas Brust und lächelt sie an.

»Nun bist du mein Fleisch und mein Blut, du wirst es gut haben bei mir, geh nun und entsorge Sandra im Heizöltank, danach werden wir deine Sachen packen und ich nehme dich mit, dein neues Zuhause wird dir gefallen!«

Jack Josten probiert alles aus, was neu für ihn ist. Er gerät in einen Swinger-Club, begegnet einer Prostituierten, kommt einer Domina zu nahe. Dann trifft er Laura und deren Freundin Agnes. Was mit der Aussicht auf einen aufregenden Dreier beginnt, entpuppt sich als erbarmungslose Falle. Denn die beiden schönen Frauen sind so hemmungslos in ihrer Lust, wie sie gnadenlos mit ihren Opfern sind. Als Jack die Affäre beenden will, legen Laura und Agnes erst richtig los. Für Jack beginnt eine wahrer Höllenritt ...

Für Jugendliche nicht geeignet!

ISBN 978-3-8482-2856-0

Jack ist zurück!

Laura und Agnes, die beiden sadistischen Ärztinnen, haben zwei entscheidende Fehler gemacht: Sie haben Jack Josten mehrere Jahre bis aufs Blut gequält - und sie haben ihn am Leben gelassen!
Ein Zufall bringt Jack auf die richtige Spur. In ihm erwacht ein bösartiges Verlangen.
Jack will Rache!

Für Jugendliche nicht geeignet!

ISBN 978-3-8442-5206-4

»Verlass ihn doch!«

Aileens beste Freundin Sarah hat gut reden. Wie einfach - oder wie schwer - ist es, den eigenen Ehemann nach acht Jahren Ehe zu verlassen? Vor allem, wenn man nie gelernt hat, Nein zu sagen.

Aileen hat sich ein anderes Leben mit Dean vorgestellt. Eines Tages bekommt sie ihre Chance. Eine mysteriöse alte Zigeunerin gibt ihr eine Tablette und eine Beschwörungsformel.

Und das Unglaubliche geschieht! In Sekunden schrumpft Dean auf die Größe eines Bleistiftes!

ISBN 978-3-7322-3579-7